İçinde Aşk Var

İÇİNDE AŞK VAR

Orijinal Adı: I'm In No Mood For Love
Yazan: Rachel Gibson
Yayın Yönetmeni: Özgür Güvenç
Editör: Nihan Öztan
Çeviri: Filiz Kahraman
Düzelti: Suna Çeçen
Düzenleme: Burcu Gölgedar
Kapak Tasarım: Perihan Akın Coşkun
Baskı-Cilt: Melisa Matbaası

Nemesis Kitap Çakıltaşı'nın bir alt markasıdır.

Cep boy 1. Baskı: Haziran 2010

Sertifika No: 10547

Melisa Matbaası:
Çiftehavuzlar Yolu Acar Sitesi No: 4 Davutpaşa / İstanbul
Tel: 0212 674 97 23 - 670 9729

Yayımlayan:
NEMESİS KİTAP
Perpa Ticaret Merkezi A Blok Kat: 10 No: 1522
Okmeydanı/ İstanbul
Tel: 0212 222 10 66 - Faks: 0212 222 46 16

İçinde Aşk Var

RACHEL GIBSON

Çeviri:
Filiz Kahraman

BİRİNCİ BÖLÜM

Clare Wingate kendini ilk kez yabancı bir yatakta bulduğunda yirmi bir yaşındaydı ve kötü bir ayrılık sonucunda ardı ardına devirdiği içkilerin kurbanıydı. Hayatının aşkı onu şahane bir vücudu olan sarışın bir resim öğrencisi için terk etmişti. Clare de geceyi barda, yaralı kalbini tedavi etmeye çalışarak geçirmişti.

Ertesi sabah silhat esansı kokan bir yatakta, karşısında Bob Marley posteri ile uyanmıştı. Yanında yatan adamın horultusu başının daha da ağrımasına neden oluyordu. Nerede olduğunu ya da horlayan adamın adını bilmiyordu. Bunu soracak kadar da kalmamıştı orada.

Giysilerini kapmış ve kendini dışarı atmıştı. Sabahın ilk ışıklarında arabayla evine doğru giderken, kendi kendine hayatta öylesine yaşanan cinsel ilişkilerden daha kötü şeyler olduğunu söylemişti. Okuldan atılmak ya da yanmakta olan bir binadan kaçamamak gibi. Evet, bunlar kötüydü gerçekten. Ama yine de tek gecelik bir ilişki ona göre değildi. Bu, kendini kötü hissetmesine ve rahatsızlık duymasına yol açıyordu. Fakat evine vardığında, yaşadıklarından ders çıkarmaya çalışmıştı. Birçok genç kadın yapıyordu bunu. İnsana bir şeyler öğreten, gelecek hakkında fikir veren bir deneyimdi bu. Bir daha asla tekrarlanmamasını istediği bir deneyim.

Clare, kendini iyi hissetmek için içki kadehlerine ve sıcak bir vücuda ihtiyaç duyacak şekilde yetiştirilmemişti. Ona dürtülerini kontrol etmesi ve duygularını sıcak gülümsemelerin, kibar sözlerin, edepli davranışların ardına gizlemesi öğretilmişti. Wingateler çok içmezler, yüksek sesle konuşmazlar, açık saçık giyinmezlerdi. Asla. Kalplerini kaşmir takımlarının altında gizli tutarlardı. Hele yabancılarla yatmaları mümkün değildi.

Clare baskı altında büyümüş olabilirdi ama doğuştan bir romantikti. Ruhunun derinliklerinde ilk görüşte aşka ve çekime inanıyordu. Kendini hiç düşünmeden ilişkilerin içine atıveriyordu. Ama sonunda hep kalp kırıklıkları ve acı veren ayrılıklar yaşıyordu.

Neyse ki yirmilerinin sonlarında, kendisine öğretilen sınırları devreye sokmayı öğrenmişti. Otuz bir yaşındayken, talih yüzüne gülmüştü ve Lonny ile tanışmıştı. Hayatının aşkı. Degas sergisinde karşılaştığı, ayaklarını yerden kesen adam. Lonny çok yakışıklıydı, romantikti ve daha önce kalbini kıran adamlara hiç benzemiyordu. Doğum günlerini ve özel günleri hatırlıyor, şahane çiçekler alıyordu. Clare'in annesi onu yemek masasındaki zarafeti yüzünden çok seviyordu. Clare de işine gösterdiği saygı ve yoğun zamanlarında onu yalnız bırakması yüzünden Lonny'ye bayılıyordu.

Bir yıl flört ettikten sonra, Lonny Clare'in evine taşınmıştı. Bir sonraki yılı büyük bir uyum içinde geçirmişlerdi. Lonny, Clare'in antika mobilyalarını çok seviyordu; ikisi de pastel renklerden ve desenlerden hoşlanıyorlardı. Hiç kavga etmiyorlardı, hatta tartışmıyorlardı bile. Duygusal hiçbir sorunları yoktu. Bu yüzden Clare, Lonny'nin evlenme teklifine evet cevabını vermişti.

Lonny gerçekten kusursuz bir adamdı. Yani... cinsel dürtülerinin zayıflığı sayılmazsa. Bazen aylarca seks yapmak istemediği oluyordu. Clare de böyle zamanlarda kendi kendine bütün erkeklerin azgın olmadığını söylüyordu.

Ya da buna inanıyordu. Ta ki arkadaşı Lucy'nin düğününün olduğu gün aniden eve dönüp Lonny'yi Sears servis teknisyeniyle uygunsuz durumda yakalayana dek. Gördüklerini algılayabilmesi için birkaç dakika geçmesi gerekmişti. Elinde büyük-büyükannesinin incileriyle öylece dikilmiş, bir süre kımıldayamamıştı. Lonny başını kaldırıp baktığında, onun şaşkınlık dolu kahverengi gözlerini görene dek bunların gerçek olduğunu kabul edememişti.

"Senin hasta olduğunu sanıyordum," demişti aptal aptal; sonra da başka hiçbir şey söylemeden nedime elbisesinin eteklerini toplayıp evden koşarak çıkmıştı. Kiliseye nasıl döndüğünü hatırlamıyordu. Günün geri kalanını pembe kabarık elbisesinin içinde, sanki dünya başına yıkılmamış gibi, etrafına gülücükler yağdırarak geçirmeye çalışmıştı.

Lucy evlilik yeminini ederken, Clare kalbinin parça parça olduğunu hissetmişti. Kilisenin kapısında durmuş, içinde fırtınalar koparken ve bir el sanki boğazını sıkarken gülümsemeye devam etmişti. Kokteyl sırasında da kendini gülmeye zorlamış, arkadaşının mutluluğuna kadeh kaldırmıştı. Lucy'nin bu güzel gününü kendi sorunlarıyla berbat etmektense ölmeyi tercih ederdi. Sarhoş olmak da istemiyordu. Ama bir kadeh şampanyadan bir şey olmazdı nasıl olsa.

Keşke kendini dinlemeseydi.

Lucy'nin düğününden sonraki sabah gözlerini açmadan önce, zonklayan başıyla bir dejavu hissi yaşadı. Gözlerini güçlükle araladı ve üzerindeki sarılı kahverengili yorganın üzerine düşen sabah ışıklarını gördü. Birden panikle boğazı düğümlendi; nabzının kulaklarında attığını hissederek hemen doğrulup oturdu. Yorgan çıplak göğüslerinden kayıp kucağına düştü.

Odanın loş ışığında bakışları önce çift kişilik yatağa, sonra çalışma masasına ve duvardaki lambalara takıldı; tipik bir otel odasıydı burası. Karşısındaki dolabın üzerinde duran televizyonda Pazar sabahı haberleri vardı; sesi öyle kısıktı ki güçlükle duyabiliyordu. Yanındaki yastık boştu; ama yatağın başucundaki masanın üzerinde duran ağır gümüş rengi erkek saati ve banyonun kapalı kapısının ardından gelen su sesleri yalnız olmadığını gösteriyordu.

Yorganı üzerinden atıp yataktan fırladı. Üzerinde pembe tangasından başka bir şey olmadığını fark edince çok bozuldu. Ayaklarının dibindeki pembe büstiyeri aldı ve gözleri elbisesini aradı. Kanepenin üzerinde, rengi solmuş bir Levi's kotun yanında duruyordu.

Demek yine aynı şey olmuştu. Yıllar önce olduğu gibi, yine geçirdiği gecenin ayrıntılarını bir noktadan sonra hatırlamıyordu.

Lucy'nin St. John's Katedrali'nde kıyılan nikâhını ve sonra Double Tree Otel'de verilen kokteyli hatırladı. Kendini kaybedip şampanya kadehini tekrar tekrar doldurmuştu. Sonra da cin tonik içmeye başlamıştı.

Sonra da olan olmuştu zaten. Pistte çılgınlar gibi dans ettiğini ve saçma sapan şarkılar söylediğini anımsıyordu. Arkadaşları Maddie ve Adele ona yardımcı olmuşlar, eve gidip Lonny ile yüzleşmeden önce yatıp bir güzel uyuması için otelde bir oda tutmuşlardı. Otelin alt kattaki küçük barında mı oturmuştu? Olabilir... Sonra... Sonrası yoktu.

Clare aceleyle büstiyeri giyip kopçalarını ilikledi ve kanepeye koştu. Ayağı pembe saten pabucuna takıldı. Kafasında net olan tek görüntü Lonny ve tamirciydi.

Yüreğinin sızladığını hissetti ama durup üzüntüsünü ya da tanık olduğu sahnenin dehşetini yaşayacak vakti yoktu. Lonny'yle uğraşacaktı elbette, ama önce bu otelden çıkması gerekiyordu.

Pembe nedime elbisesi başından geçirdi ve güçlükle gövdesinden aşağı kaydırdı. Bir süre kıyafetle boğuştuktan sonra kollarını ince askılardan geçirdi ve arkasındaki fermuarı çekmeye çalıştı. Ama yapamadı.

Suyun sesinin kesildiğini duyunca bakışlarını banyo kapısına çevirdi. Kanepenin üzerindeki el çantasını kapıp elbisenin tül ve satenlerinin hışırtısı arasında kapıya koştu. Bir eliyle elbisesini tutuyordu, diğer elinde pabuçları vardı. Yabancı bir otel odasında uyanmaktan daha kötü şeyler de varmış, diye düşündü kendi kendine. Hele eve gittiğinde yaşacaklarını hiç saymıyordu.

Birden arkasında, "Bu kadar erken mi gidiyorsun, Claresta?" diyen gür bir erkek sesi duydu.

Durdu. Annesinden başka kimse onu Claresta diye çağırmazdı. Başını çevirdi; çantasıyla pabucunun teki yere düştü. Elbisesinin eteğini tutmayı bıraktı. Gözleri karşısında duran adamın beline dolamış olduğu havluya takıldı. Adamın koyu sarı saçlarından süzülen damlalar güneş yanığı karnına doğru ilerledi. Clare yutkundu. Bakışları, gür kirpiklerin gölgelediği yeşil gözlere takıldı. Bu gözleri tanıyordu.

Adam geniş omzuyla banyonun kapısına yaslandı ve ellerini güçlü göğsünde kavuşturdu. "Günaydın."

Sesi, Clare'in son duyduğundan daha farklıydı; yeniyetme bir oğlanın değil de bir adamın sesiydi bu. Clare, yirmi yıldan fazla süredir görmediği halde bu gülümsemeyi de tanımıştı. Çok eskiden birlikte oyun oynarlarken de bu gülümseme olurdu onun yüzünde. Her oyunun sonunda Clare bir şey kaybederdi. Parasını... Gururunu... Ya da giysilerini. Bazen üçünü birden.

Bu gülümseye ve gülümsemenin sahibine bayılırdı. Ama artık kalbi erkeklerin gülüşleriyle eriyen o yalnız küçük kız değildi artık. "Sebastian Vaughan."

Sebastian gözlerinin içiyle güldü. "Seni son kez çıplak gördüğümden beri ne kadar büyümüşsün."

Clare elbisesinin önünü tutarak duvara yaslandı. Tahtanın serinliğini sırtında hissetti. Kahverengi saçlarının bir tutamını kulağının arkasına sıkıştırdı ve gülümsemeye çalıştı. "Nasılsın?"

"İyiyim."

"Harika." Kuruyan dudaklarını yaladı. "Babanı ziyarete geldin herhalde?" Nihayet.

Sebastian kapıdan uzaklaştı ve boynundaki havluyu çekiştirdi. "Bunu dün gece konuşmuştuk," dedi başının bir tarafını kurularken. Küçükken saçları altın sarısıydı. Şimdi biraz koyulaşmıştı.

Gece, Clare'in hatırlayamadığı şeylerden söz etmişlerdi mutlaka. Düşünmek bile istemediği şeylerden. "Anneni duydum. Ölümüne çok üzüldüm."

"Bunu da konuştuk." Sebastian elini kalçasına koydu.

"Ya seni buraya hangi rüzgâr attı?" Clare, Sebastian'ın Irak'ta, Afganistan'da ve daha bir sürü yerde dolaştığını duymuştu. En son görüştüklerinde on bir ya da on iki yaşında olmalıydı.

"Dur bakayım." Sebastian kaşlarını çattı ve ona daha yakından baktı. "Dün geceyi hatırlamıyorsun, değil mi?"

Clare çıplak omuzlarını silkti.

"Kafanın bi dünya olduğunun farkındaydım, ama hiçbir şeyi hatırlamayacak halde olduğunu bilmiyordum."

Tam ona göre bir ifade kullanmıştı. "Söylediğinin tam olarak ne anlama geldiğini bilmiyorum, ama kafamın bi dünya olmadığından eminim."

"Doğru, sen böyle kaba sözler etmezsin. Çok içtiğini söylemek istemiştim."

Bu kez kaşlarını çatma sırası Clare'deydi. "Bunun için çok geçerli nedenlerim vardı."

"Anlattın."

Clare bunlara değinmemiş olmayı umuyordu.

"Dön."

"Ne?"

Sebastian parmağıyla dönmesini işaret etti. "Dön de fermuarını çekeyim."

"Neden?"

"İki nedeni var. Birincisi, babam senin buradan yarı çıplak çıkmana izin verdiğimi duyarsa beni öldürür. İkincisi, eğer konuşmamıza devam edeceksek, burada durup elbisenin üzerinden düşüp düşmeyeceğini merak etmek istemiyorum."

Clare bir an ona bakakaldı. Kendisine yardım etmesini istiyor muydu gerçekten? Belki de elbisesinin sırtı açık bir halde dışarı çıkmaması en doğrusu olurdu. Ama öte yandan orada durup Sebastian Vaughan'la sohbet etmek de istemiyordu.

"Belki fark etmemişsindir ama üzerimde sadece bir havlu var. Bir iki saniye sonra seni de çıplak görmek isteyeceğimden eminim." Sebastian bembeyaz dişlerini göstererek gülümsedi. "Yeniden."

Yanakları yanmaya başlayan Clare kapıya döndü. Bir yandan Sebastian'a önceki gece ne yaptıklarını sormak istiyordu, bir yandan ayrıntıları duymaktan kaçınıyordu. Ona Lonny hakkında ne anlatmıştı acaba? Sonra bunu da bilmek istemediğine karar verdi. "Sanırım içkiyi fazla kaçırmışım."

"Kim sevgilisini bir hemcinsiyle alt alta üst üste yakalasa, içkiyi fazla kaçırır." Sebastian'ın parmakları elbisesinin fermuarı üzerinde dolaştı. Bir yandan da kıkırdıyordu.

"Hiç komik değil."

"Olabilir. Ama bence sen de fazla ciddiye almasan iyi edersin."

Clare alnını tahta kapıya yasladı. Bütün bunlar gerçek olamazdı.

"Senin bir suçun yok, Clare," dedi Sebastian, sanki bu genç kadını rahatlatacakmış gibi. "Doğru aletlere sahip değildin, o kadar."

Evet, otel odasına bir yabancıyla uyanmaktan daha kötü şeyler vardı. Bunlardan biri hayatının erkeğini bir erkekle birlikte yakalamaktı. Diğeri ise şu anda elbisesinin fermuarını çekiyordu. Clare ağlamamak için dudağını ısırdı.

"Ağlamayacaksın, değil mi?" dedi Sebastian.

Clare başını salladı. Duygularını herkesin içinde belli etmezdi, en azından belli etmemeye çalışırdı. Daha sonra, Lonny'yle yüzleşip yalnız başına kaldığında doya doya ağlayacaktı. İnsanın ağlamak için bundan daha iyi bir bahanesi olabilir miydi? Nişanlısını kaybetmiş ve Sebastian Vaughan'la yatmıştı. Hayatı mahvolmuştu.

"Seninle yattığıma inanamıyorum," diye homurdandı. Başı zaten ağrıyor olmasaydı, alnını kapıya vurabilirdi.

Sebastian güldü. "Hiç şikâyetçi gibi değildin."

"Sarhoştum. Aklım başımda olsa seninle asla sevişmezdim." Clare ters ters baktı. "Benden faydalandın."

Sebastian gözlerini kıstı. "Öyle mi düşünüyorsun?"

"Kesinlikle."

"Dedim ya, hiç şikâyetçi değildin." Sebastian omuz silkti ve kanepeye doğru yürüdü.

"Hatırlamıyorum!"

"Ne kadar ayıp. Bana hiç bu kadar güzel sevişmediğini söyledin." Sebastian gülümseyerek havluyu indirdi. "Doymak bilmedin."

İnsanla dalga geçmekten hiç vazgeçmiyordu. Clare gözlerini onun başının arkasındaki duvarda asılı olan kuş resmine dikti.

Sebastian ona arkasını dönüp kotuna uzandı. "Bir ara öyle yüksek sesle inledin ki otel güvenliğinin kapıya dayanmasından korktum."

Clare sevişirken yüksek sesle inlemezdi hiç. Asla. Ama şimdi tartışacak durumda olmadığının farkındaydı. Belki de bir porno yıldızı gibi çığlıklar atmıştı ve şimdi hatırlamıyordu.

"Çok aktif kadınlarla birlikte oldum." Sebastian başını salladı. "Ama küçük Clare'in büyüyüp yatakta böyle vahşi olacağı kimin aklına gelirdi?"

Clare yatakta asla vahşi olmamıştı. Evet, kitaplarında ateşli, tutkulu seksten söz ediyordu ama hiçbir zaman kontrolünü kaybedip bunları yaşayamıyordu. Birkaç kez denemişti, ancak çığlık atamayacak, inleyemeyecek kadar utangaçtı.

Savaşı kaybetti ve gözleri Levis'ını çıplak vücuduna giymekte olan Sebastian'ın düzgün sırtına takıldı. "Gitmem gerek," dedi ve çantasını almak için eğildi.

"Seni eve bırakmamı ister misin?" diye sordu Sebastian başını kaldırmadan.

Ev. Clare'in kalbi sıkıştı, başı zonkladı. Evde gördüğü, şu anda karşısında dikilenden daha büyük bir kâbustu. "Hayır, teşekkürler. Bana yeterince yardımcı oldun."

Sebastian döndü, elleri fermuarının üzerindeydi. "Emin misin? Öğlene kadar odayı boşlatmak zorunda değiliz." Yüzünde yine çarpık bir gülümseme belirdi. "Hiç unutamayacağın anılar yaşamak istemez misin?"

Clare arkasındaki kapıyı açtı. "Hiç sanmıyorum," dedi ve odadan çıktı. Birkaç adım atmıştı ki Sebastian arkasından seslendi.

"Hey, Cinderella."

Clare arkasını dönüp baktığında, Sebastian onun yerdeki pembe pabucunu alıp genç kadına fırlattı. "Pabucunu unutma."

Clare pabucu tek eliyle yakaladı ve arkasına bakmadan aceleyle koridorda yürüdü. Merdivenlerden koşarak inip kendini lobinin dışına attı. Düğünden sonra geceyi otelde geçiren konuklarla karşılaşmaktan korkuyordu. Görüntüsünü Lucy'nin büyük teyzesi ve dayısına nasıl açıklardı?

Otelden dışarı çıktığında, güneş gözlerini kamaştırdı. Otoparkta yalın ayak yürüdü. Arabasını hatırladığı yerde bulduğuna çok sevindi. Eteğini toplayıp arabaya bindi. Aynada akan rimelini, darmadağınık saçlarını ve solgun yüzünü görünce irkildi. Ölü gibi görünüyordu. Sebastian ise Levi's reklamlarından fırlamış gibiydi.

Torpido gözünden güneş gözlüğünü aldı. Sebastian'ın onu evine bırakmayı teklif etmesi kibarlıktı, ama adam bunu tam kendi tarzında söylemiş ve unutulmaz anılar yaratmaktan bahsederek her şeyi mahvetmişti. Clare arabayı çalıştırırken altın rengi Versace gözlüklerini taktı.

Sebastian babasının yanında kalıyordu herhalde; küçüklüğünde annesi yaz tatilini geçirmesi için onu Seattle'den Ohio'ya gönderdiğinde de öyle yapardı. Clare yakın bir zamanda kendi annesini ziyaret etmeyi planlamadığına göre, Sebastian'la yeniden karşılaşma riskinin olmadığını biliyordu.

Otoparktan çıkıp Chinden Bulvarı'ndan geçerek Americana'ya yöneldi.

Sebastian'ın babası, Leonard Vaughan, otuz yıl kadar onun ailesinin hizmetinde çalışmıştı. Clare'in hatırlayabildiği kadarıyla, Leo onun annesinin Warm Springs Avenue'daki müştemilatında yaşıyordu. Ana bina 1890 yılında inşa edilmişti; müştemilat evin arka tarafındaydı ve ağaçların arasına gizlenmişti.

Clare, Sebastian'ın annesinin hiç Leo'yla birlikte müştemilatta kalıp kalmadığını hatırlayamıyordu ama kalmamış olmalıydı. Leo hep yalnız başınaydı ve şoförlük yapıyordu.

Clare iki aydan fazla süredir annesini ziyaret etmemişti. Joyce Wingate bir oda dolusu arkadaşına Clare'in aşk romanları yazdığını söylediğinden beri görüşmüyorlardı. Sırf Clare'i aşağılamak için yapmıştı bunu. Clare annesinin onun yazı hayatı konusunda neler hissettiğini biliyordu. Joyce onun kariyerini görmezden geliyordu. Clare, Alicia Grey takma adıyla tarihî aşk romanları yazıyordu. Yazmakla kalmıyordu; bu konuda çok başarılıydı ve vazgeçmeye de hiç niyeti yoktu.

Clare sözcükleri bir araya getirecek kadar büyüdüğünden beri, hikâyeler uyduruyordu. Chip adında hayali bir köpek ya da komşularının tavan arasında yaşadığına inandığı cadı hakkında hikâyeler. Çok geçmeden romantik yönü ağır basmıştı; Chip'e Suzie adında sevimli bir kız arkadaş bulmuş, cadıyı da Billy Idol'ün White Wedding klibindeki halini andıran bir büyücüyle evlendirmişti.

Dört yıl önce ilk tarihî aşk romanı yayımlanmıştı; annesi de yaşadığı şok ve utançtan hâlâ kurtulamamıştı. Statesman'da Clare hakkında yayımlanan makaleye kadar, kızının kariyer seçiminin geçici bir heves olduğunu düşünmüş, onun bu "çerçöp" sevdasından vazgeçince "gerçek kitaplar" yazmaya başlayacağına inandığını söylemişti.

Wingate kitaplığına yakışır kitaplar yazacaktı.

Bunları düşünürken Clare'in cep telefonu çaldı. Telefonu alıp baktı, arayanın arkadaşı Maddie olduğunu görünce bıraktı. Maddie onu merak etmiş olmalıydı, ama canı konuşmak istemiyordu. En yakın üç arkadaşına sahip olduğu için kendini şanslı hissediyordu, ama onlarla daha sonra konuşacaktı, şimdi değil.

Maddie'nin önceki gece olanların ne kadarını bildiğinden emin değildi, ama cinayet ve gerilim romanları yazdığından işinin içine psikopat bir katili dahil etmişti mutlaka. Adele ise iyi niyetliydi. Fantezi türünde romanlar yazıyordu ve insanları keyiflendiriyordu. Ama Clare o sırada keyiflenmek de istemiyordu. Bir de yeni evlenen Lucy vardı. Lucy'nin en son yazdığı gerilim romanının hakları bir film şirketine satılmıştı. Clare, Lucy'nin ihtiyaç duyduğu en son şeyin mutluluğuna onun sıkıntılarıyla gölge düşmesi olduğunu biliyordu.

Crescent Rim Yolu'na döndü ve parkın önünden geçti. Lonny ile paylaştığı eve yaklaştıkça, midesinin daha fazla kasıldığını hissediyordu. Arabayı beş yıldır yaşadığı mavili beyazlı evin önüne park ederken gözlerinin dolduğunu hissetti.

Lonny'yle ilişkisinin bittiğini bilse de, onu seviyordu. O sabah ikinci kez dejavu yaşadı ve göğsünün sıkıştığını hissetti.

Yine yanlış adama âşık olmuştu.

Yine kalbini, onu yeterince sevmeyen bir adama vermişti. Geçmişte olduğu gibi, yine iki yabancıya dönüşmüşlerdi. Sebastian yabancı sayılmazdı ama bu durumu daha da kötüleştiriyordu.

Clare yine kendinden tiksindiğini hissetti.

İKİNCİ BÖLÜM

Sebastian Vaughan beyaz tişörtünü kafasından geçirip pantolonunun düğmelerini ilikledi. Kanepenin üzerinde duran Blackberry'sini aldı. Yedi e-mail'inin ve iki cevapsız aramasının olduğunu gördü. Bunları daha sonra cevaplamaya karar verip telefonu pantolonunun cebine soktu.

Keşke Clare Wingate'e yardımcı olmak için daha fazlasını yapabilseydi. Ama bunu son kez denediğinde her şeyi mahvetmişti.

Şifoniyere gidip Seiko'sunu aldı. Saati yerel saate göre bir saat ileri alırken Clare'i son gördüğü zamanı düşündü. On yaşlarında filan olmalıydı Clare; onu babasının yaşadığı eve fazla uzak olmayan müştemilata kadar takip etmişti. Sebastian'ın kurbağa yakalamak için kullandığı bir ağı vardı. O bu işle ilgilenirken, Clare de ağacın altında durup izlemişti.

"Ben bebeklerin nasıl yapıldığını biliyorum," demişti, açık mavi gözlerini daha da iri gösteren kalın camlı gözlüklerinin ardından bakarak. Her zamanki gibi, koyu renk saçları iki örgüyle sımsıkı toplanmıştı.

"Baba, anneyi öpüyor ve annenin karnına bebek giriyor."

İki üvey babasıyla ve annesinin sevgilileriyle yaşamış olan Sebastian bebeklerin nasıl yapıldığını çok iyi biliyordu. "Kim söyledi bunu sana?"

"Annem."

"Hayatımda duyduğum en aptalca şey bu," demişti Sebastian ve Clare'e bildiği her şeyi anlatmaya başlamıştı. Sperm ve yumurtanın kadının vücudunda nasıl birleştiğini teknik terimlerle açıklamıştı.

Clare'in kocaman gözleri dehşetle dolmuştu. "Bu doğru değil!"

"Evet doğru." Sebastian daha sonra kendi gözlemlerini eklemişti. "Seks gürültülü bir şeydir ve kadınlarla erkekler bunu sık sık yapar."

"Olamaz!"

"Bal gibi oluyor işte. Sürekli yapıyorlar. Hatta bebek istemediklerinde bile."

"Neden?"

Sebastian omuz silkmiş ve birkaç kurbağa yakalamıştı. "Herhalde zevkli bir şey."

"Çok garip!"

Bir önceki yıl bu Sebastian'a da çok garip gelmişti. Ama bir ay önce on iki yaşına girdiğinden beri seks konusunda farklı düşünmeye başlamıştı. Tiksintiden çok merak duyuyordu artık.

Bayan Wingate onun Clare ile seks hakkında konuştuğunu duyunca olanlar olmuştu. Onu apar topar Washington'a yollamışlardı. Annesi öyle öfkeliydi ki bir daha Idaho'ya gitmesine izin vermemişti. Babası onları taşındıkları her kentte ziyaret etmek zorunda kalmıştı. Ama annesiyle babası arasındaki ilişki giderek kötüleştiğinden, Sebastian'ın babasını uzun süre görmediği zamanlar da olmuştu.

Şimdi de babasıyla ilişkisi varla yok arasıydı. Kimi zaman bu yüzden Clare'i suçladığı oluyordu.

Sebastian saati bileğine taktı ve cüzdanını aradı. Yerde olduğunu görünce almak için eğildi. Önceki gece Clare'i bir bar taburesinde bırakması gerektiğini düşündü. Genç kadın üç tabure ötesinde oturuyordu ve eğer barmene adını söylediğini duymasaydı onu asla tanıyamazdı. Çocukluklarında, Sebastian Clare'in kocaman gözleri ve ağzıyla çizgi film kahramanına benzediğini düşünürdü. Artık Clare kalın camlı gözlüklerini takmıyordu, ama Sebastian o açık mavi gözlere, dolgun dudaklara ve koyu renk saçlara bakar bakmaz karşısında duranın Clare olduğundan emin olmuştu. Çocuklukta garip görünen açık ve koyu renkler arasındaki tezat şimdi Clare'i çarpıcı bir kadına dönüştürmüştü. Bir çocuğun yüzünde kocaman olan dudakları şimdi bir yetişkin olarak onun bu ağızla neler yapabileceğine dair merak uyandırıyordu insanda. Clare çok güzel bir kadındı gerçekten.

Ama hayır. Kendini sıkıntıya sokmak istemiyordu. "Bir kez olsun dene ve doğru şeyi yap," dedi kendi kendine. Cüzdanını cebine soktu. Gece, Clare'in odasını bulduğundan emin olmak için ona eşlik etmişti. Clare de onu içeri davet etmişti. Genç kadın inleyip sayıklarken başında beklemiş, sonra da onu yatağına yatırmıştı. Ardından da büyük bir taktik hatası yapmıştı.

Saat gece yarısı bir buçuktu. Sebastian, Clare'in üstünü örterken, kendisinin de çok içtiğini fark etmişti. O saatte sokağa çıkıp nereye gideceğini bilmez halde dolaşmaktansa, odada kalıp biraz televizyon izlemenin daha iyi olacağına karar vermişti. Geçmişte, gerilla liderleriyle aynı mağarada, karanlık adamlarla aynı kamarada bulunduğu olmuştu. Arizona Çölü'nde sayısız macera yaşamıştı. Şimdi giyinik halde sızıp kalan ve buram buram içki kokan bir kızdan ona zarar gelmezdi.

Ayakkabılarını çıkarmış, birkaç yastığa dayanıp uzaktan kumandayı eline almıştı. Son günlerde doğru dürüst uyuyamıyordu. Clare kalkıp elbisesiyle cebelleşmeye başladığında da uyanıktı. Onu üzerinde pembe iç çamaşırlarıyla çırpınırken görmek en keyifli televizyon dizisinden daha eğlenceliydi. Kalın camlı gözlükleri ve sımsıkı saç örgüleri olan o kızın böylesine çekici bir yaratığa dönüşeceğini kim tahmin edebilirdi?

Sebastian kanepe oturdu. Yerde duran ayakkabılarını ayağına geçirdi. Saate en son baktığında beşi çeyrek geçiyordu. Altın Kızlar'ı izlerken uyuyakalmış, birkaç saat sonra da Clare'in çıplak tenini, onun göğsüne yasladığı sırtını hissederek uyanmış olmalıydı. Kendi eli de genç kadının göğüslerinin üzerindeydi; sanki sevgili gibiydiler.

Kendine gelmesi zaman almıştı. Clare'le birlikte olmuş muydu? Ondan faydalanmış mıydı? Tanrım, hayır! Tamam, Clare'in insanı günaha teşvik eden şahane bir vücudu ve ağzı vardı ama ona elini sürmemişti. Yani göğüsleri hariç... Ama bu da onun suçu değildi. Uyumuş ve erotik düşler görmüştü. Uyandığında da ona dokunmamıştı. Bunun yerine kendini banyoya, soğuk duşun altına atmıştı. Peki, sonunda ne olmuştu? Clare onu kendisiyle sevişmekle suçlamıştı! O kimseden böyle faydalanabilecek biri değildi oysa. Seviştiği kadının ayık ve kendinde olmasını tercih ederdi. Ama böyle suçlanmak onu sinirlendirmişti. Bu yüzden Clare'i aksine ikna etmeye çalışmamıştı. Madem kendini kötü hissediyordu, etsindi.

Sebastian ayağa kalktı ve odada son bir kez çevresine bakındı. Büyük yatağa ve buruşuk örtülere baktı. Gözüne mavili kırmızılı bir pırıltı çarptı. Gidip Clare'in yastığının üzerinde duran elmas sallantılı küpeyi aldı. Küpeyi avucunda tutarken bir an bunun gerçek elmas olup olmadığını merak etti. Sonra gülerek küpeyi Levi'sının cebine attı. Elbette gerçekti. Clare Wingate gibi kadınlar ucuz şeyler takmazlardı. Hayatı boyunca, zengin kadınların sahte takılar takmaktansa boğazlarını kesmeye razı olacaklarını anlayacak kadar kadınla beraber olmuştu.

Televizyonu kapattı, odadan çıktı ve otelden ayrıldı. Boise'da ne kadar kalacağını bilmiyordu. Eşyalarını toplamaya başlayana kadar babasını ziyaret etmeyi de planlamamıştı zaten. Newsweek için hazırladığı, teröristlerle ilgili makale üzerinde çalışırken birden ayağa kalkmış ve bavulunu aramaya koyulmuştu.

Girişin yanına park ettiği siyah Land Cruiser'ına bindi. Kendisine neler olduğunu bilmiyordu. Daha önce öykü yazarken sıkıntı çektiği olmamıştı hiç. Üstelik bütün notları hazır bir biçimde bir araya getirilmeyi beklediği halde. Ama her denemesinde ortaya saçma sapan şeyler çıkıyordu ve o da hepsini siliyordu. Hayatında ilk kez işini yetiştirememekten korkuyordu.

Uzanıp siyah Ray-Ban'ini aldı. Yorgundu, hepsi bu. Otuz beş yaşındaydı ve çok yorgundu. Gözlüklerini takıp motoru çalıştırdı. İki gündür Boise'daydı; Seattle'dan buraya kadar hiç durmadan gelmişti. Sekiz saat aralıksız uykuya ihtiyaç duysa da bunun imkânsız olduğunu biliyordu. Üstelik daha önce de uykusuz kaldığı zamanlar çok olmuştu, ama her zaman işini yapmıştı. Çölde, yağmurda, fırtınada... Bir keresinde Irak'ta çölde fırtınaya yakalanmıştı; yine de işini zamanında yetiştirmişti.

Daha öğlen olmadığı halde Boise'da hava çok sıcaktı. Sebastian klimayı açtı. Geçen tam kapsamlı bir fiziksel muayeneden geçmişti. Gripten HIV'e kadar her şey araştırılmıştı. Sonuçta sapasağlam çıkmıştı. Fiziksel olarak hiçbir rahatsızlığı yoktu.

Kafasıyla ilgili de bir sorun yoktu. İşini seviyordu. Bulunduğu yere gelmek için çok uğraşmıştı. Dişiyle tırnağıyla mücadele etmiş, sonunda ülkenin en başarılı gazetecilerinden biri haline gelmişti. Ortalıkta onun gibi fazla kimse yoktu. O, önemli üniversitelerden mezun olmamış, kimsenin torpilini kullanmamıştı. Yetenekli olduğu, işini sevdiği ve en önemlisi çok kararlı olduğu için başarı elde etmişti. Hırsı, rakiplerinin ve onu eleştirenlerin gözünü korkutmuş, kimilerinin onu kibirli bulmasına yol açmıştı.

Bütün dünyayı dolaşmış, gördüklerinden çok etkilenmişti. İpek Yolu'nu, Piramitler'i görmüş, batıyla doğu arasındaki çelişkilere tanık olmuş, sıradanla olağanüstü arasındaki farkı en ince ayrıntısına kadar hissetmiş ve yaşadığı her dakikadan keyif almıştı. Şimdi geriye dönüp baktığında, yine her şey çok güzel geliyordu.

Elbette kötü şeyler de yaşamıştı. Bağdat'ta savaşın ortasında kalmış, gözünün önünde insanların öldüğünü görmüştü. Korkuyu ve acıyı yüreğinde hissetmişti.

İntihar bombacılarının gözündeki nefreti, cesur adamların umutlarını, ailelerini ve kendilerini korumaya çalışan kadınların mücadelelerini biliyordu. Kendilerini kurtarması için gözlerinin içine bakanlar olmuştu, ama onun tek yapabildiği bu insanların öykülerini anlatmaktı. Bunları anlatıyor ve dünyanın ilgisini bu insanların üzerine çekiyordu. Ama yetmiyordu. Dünya, kendisine zararı dokunmayan hiçbir şeyi umursamıyordu.

11 Eylül olaylarından iki yıl önce, Taliban'la ilgili makaleler ve Afganistan'daki deneyimlerini anlatan bir kitap yazmıştı. Kitap eleştirmenlerden büyük övgüler almıştı ama satışı pek parlak değildi.

On bir Eylül günü teröristlerin düzenlediği saldırılarına ardından, her şey değişmiş, insanların ilgisi Afganistan'a yönelmişti. Kitap, yayımlanmasından bir yıl sonra, çok satanlar listelerinde bir numaraya yükselmiş, Sebastian da adeta okulun popüler çocuğu oluvermişti. Bütün gazeteler onun röportaj yapmak istiyordu. Bazılarıyla görüşmüş, çoğunu reddetmişti. Onun taraflı gazetelerle, politikayla ve politikacılarla ilgisi yoktu. Tek istediği, bütün dünyanın gerçekleri görmesini sağlamaktı. İşi buydu. Bu yüzden zirveye oynamış ve sonunda da başarmıştı.

Ama son günlerde hiçbir şey eskisi gibi kolay değildi. Uykusuzluk sorunu onu hem fiziksel hem de zihinsel olarak tüketiyordu. Uğruna çaba harcadığı her şeyin elinden kayıp gittiğini hissediyordu. İçindeki ateş sönüyordu sanki. Ne kadar mücadele ederse, ateş o kadar zayıflıyordu ve bu da onu çok korkutuyordu.

Normalde on beş dakikada gitmesi gereken yol bir saat sürdü. Yanlış yerden döndüğü için kendini tepelik bir yerde buldu. Sonunda yenilgiyi kabul etti ve navigasyon aletini ayarladı. Bu aleti kullanmaktan nefret ediyor ve buna ihtiyacı yokmuş gibi davranıyordu. Yolda durup adres sormak kadar can sıkıcıydı bu da. Yabancı bir ülkede bile adres sormayı sevmezdi. Tıpkı alışveriş yapmayı ve kadınları ağlarken görmeyi sevmediği gibi. Bir kadının gözyaşlarından kaçmak için elinden geleni yapardı.

Saat on bir civarında Wingatelerin üç katlı evlerinin önüne geldi. Bu etkileyici yapıyı ilk kez gördüğü zamanı hatırladı. O zamanlar beş yaşlarında olmalıydı; koyu renk taş duvarların ardında kocaman bir ailenin yaşıyor olması gerektiğini düşünmüştü. Yalnızca iki kişinin, Bayan Wingate ve kızı Clare'in yaşadığını öğrenince de çok şaşırmıştı.

Sebastian evin arka tarafına geçti ve arabayı taş garajın önüne park etti. Joyce Wingate ile babası bahçede, güllerin önünde durmuş, konuşuyorlardı. Babası her zamanki gibi bej tişört, kahverengi pantolon ve kır saçlarını gizleyen bir Panama şapkası giymişti. Sebastian, babasına bahçede yardımcı olduğu günleri hatırladı. Örümcekleri öldürürdü, üstü başı kir içinde kalırdı. Ama bunu çok severdi. O zamanlar bu yaşlı adamı bir süper kahraman gibi görürdü. Onun söylediği her şeyi beynine kazırdı; balık tutmaktan uçurtma uçurmaya kadar pek çok şey öğrenirdi babasından. Ama tabii bütün bunlar sona ermişti; süper kahramana yönelik tapınma yerini acılara, sertliğe ve hayal kırıklıklarına bırakmıştı.

Liseden mezun olduğunda babası ona Boise'a bir uçak bileti göndermişti. Sebastian bileti kullanmamıştı. Washington Üniversitesi'ne başladığı ilk yıl, babası onu ziyaret etmek istemişti ama Sebastian hayır demişti. Kendisine zaman ayırmayan bir babaya ayrılacak zamanı yoktu. Mezuniyeti sırasında annesiyle babası arasındaki ilişki öylesine kötü bir hal almıştı ki Leo'ya törene katılmasını istemediğini söylemişti.

Mezun olduktan sonra, kendini kariyerine vermişti. Durup babasını düşünecek vakti bile yoktu. Seattle'da staj yapmış, Associated Press'te birkaç yıl çalışmış ve yüzlerce makale yazmıştı.

Sebastian yetişkinlik hayatını hep özgür yaşamıştı. Onu tutacak, bir şeylerden alıkoyacak bağları olmamıştı hiç. Kendini sürekli evlerini arayıp birilerine rapor vermek zorunda olan zavallı insanlardan üstün hissetmişti hep. Dikkatinin başka yönlere dağılmasına gerek olmamıştı. İlgisi ve dikkati tamamen işi üzerindeydi.

Annesi yaptığı her işte onu teşvik ediyordu. En büyük destekçisi ve alkışçısıydı. Sebastian annesini istediği sıklıkta göremiyordu ama annesi onu anlıyordu. Ya da en azından anladığını söylüyordu.

Annesi hep Sebastian'ın ailesi olmuştu. Hayatı dolu dolu geçiyordu. Babasıyla birbirlerini pek tanımıyorlardı; onu görmek gibi bir isteği de yoktu. Günün birinde, kırklı yaşların sonlarında mesela, yeniden onunla bağlantı kurmak zorunda kalırsa, buna vakti olacaktı nasıl olsa.

Her şey annesini toprağa verdiği gün değişmişti.

Sebastian annesinin ölüm haberini aldığında, Alabama'da bir haber peşindeydi. Kadıncağız, o gün erken saatlerde, ağaçlarından birini budarken yüksek bir tabureden düşmüştü. Kırığı çıkığı kesiği yoktu. Sadece dizinde bir morluk vardı. Ama gece yatağında ölmüştü. Elli dört yaşındaydı.

Sebastian onun yanında değildi. Düştüğünü bile bilmiyordu. Hayatında ilk kez kendini gerçekten yalnız hissetmişti. Yıllarca dünyayı dolaşmış, kendisini her türlü bağdan kurtardığını sanmıştı. Annesinin ölümü onu bütünüyle özgür bırakmıştı ama ilk kez kimsesiz olmanın ne demek olduğunu anlıyordu. Kendini kandırdığını fark ediyordu. Bağları olmadan dünyayı dolaşmamıştı. O bağlar hep vardı. Hayatını istikrarlı kılıyordu. Şimdiye kadar.

Hayatta olan bir tek akrabası vardı. Sadece bir. Bir de doğru dürüst tanımadığı babası. Lanet olsun, birbirlerini hemen hiç tanımıyorlardı. Böyle olması kimsenin suçu değildi. Ama belki zaman içinde her şey değişirdi.

Land Cruiser'ından inip çimlerden geçerek canlı renklere bürünmüş bahçeye doğru yürüdü. Cebindeki elmas küpeyi düşündü. Bunu, Clare'e iletmesi için Bayan Wingate'e verebilirdi. Ancak o zaman nerede bulduğunu açıklaması gerekecekti. Bunu hatırlayınca gülümsedi.

"Merhaba, Bayan Wingate," diyerek selamladı kadını. Çocukluğunda Joyce Wingate'ten nefret ederdi. Babasıyla kurduğu sorunlu ve yetersiz ilişki yüzünden onu suçlardı. Ama Clare'i suçlamaktan vazgeçtiğinde, bundan da vazgeçmişti. Joyce'a sevgi duymaya başlamamıştı elbette. Ona karşı hiçbir şey hissetmiyordu. O sabaha kadar, kafasında Clare ile ilgili bir düşünce de yoktu. Şu andaki düşünceleri de pek parlak değildi.

"Merhaba, Sebastian." Kadın, elindeki kırmızı gülü kolundan sarkan sepete koydu. Kemikli parmaklarında yakut ve zümrüt yüzükler vardı. Krem rengi pantolon, leylak rengi gömlek ve geniş kenarlı bir şapka giymişti. Joyce her zaman çok zayıf bir kadın olmuştu. Hayatındaki her şeyi kontrol etmesinden kaynaklanan bir zayıflıktı bu. Geniş yüzünde sert yüz hatları baskındı. Ağzını da hep bir şeyleri onaylamıyormuş gibi büzerdi. En azından Sebastian yanındayken yapıyordu bunu.

Joyce hiçbir zaman çekici bir kadın olmamıştı. Gençliğinde de güzel değildi. Ama biri Sebastian'ın başına silah dayasa ve onu kadın hakkında güzel bir şey söylemeye zorlasa, açık mavi gözlerinin etkileyici olduğunu söyleyebilirdi. Tıpkı bahçesinde yetişen irisler gibiydi. Kızının gözleri de böyleydi. Ancak Clare'in yüz hatları annesininkinden çok daha yumuşak ve kadınsıydı. Dudakları dolgun, burnu da daha küçüktü ama gözlerini annesinden almıştı.

"Baban yakında gideceğini söyledi," dedi Joyce. "Daha uzun süre kalmaya ikna olmaman ne kötü."

Sebastian, Joyce'un yüzüne baktı. Çocukluğunda kendisine alevler saçarak bakan mavi gözlere. Ama şimdi bu gözlerde nazik sorular vardı.

"Ona en azından gelecek haftaya kadar kalmasını söylüyorum," dedi babası. Arka cebinden bir mendil çıkarıp alnındaki terleri sildi. Leo Vaughan, Sebastian'dan birkaç santim kısaydı. Bir zamanlar kahverengi olan saçları artık iyice kırlaşmıştı. Gözlerinin kenarlarında derin çizgiler vardı. "Yirmi dakikalık şekerlemeleri" artık bir saat sürüyordu. O haftanın sonunda altmış beş yaşına girecekti. Sebastian babasının Wingate bahçesinde eskisi kadar rahat dolaşamadığını fark etmişti. Gerçi onunla ilgili çok fazla şey hatırlamıyordu. Arada bir geçirilen birkaç hafta çocukluk anılarının oluşmasına yetmezdi. Sadece Leo'nun elleri aklındaydı. Kocaman dalları ve kütükleri kavrayacak kadar iyi ve güçlü, bir oğlanın omzuna vurup sırtını sıvazlayacak kadar yumuşak ellerdi bunlar. Sert ve kuruydu; tam bir çalışanın elleriydi. Şimdi Leo'nun yaşının ve işinin sonucu olarak ellerinde lekeler vardı; derisi de sarkmıştı.

"Ne kadar kalacağımı gerçekten bilmiyorum," dedi Sebastian, herhangi bir vaatte bulunmaktan kaçınarak. Konuyu değiştirdi. "Dün gece Clare ile karşılaştım."

Joyce bir başka gülü kesmek için eğildi. "Ya?"

"Nerede?" diye sordu Leo, mendilini tekrar cebine sokarken.

"Double Tree barında eski bir arkadaşla buluşmuştum. Clare de bir düğün davetine katılmak için oradaymış."

"Evet, arkadaşı Lucy evlendi," dedi Joyce. "Claresta da yakında sevgilisi Lonny ile evlenir. Birlikte çok mutlular. Gelecek haziranda düğünü burada, bahçede yapmaktan söz ediyorlar. Çiçekler de açmış olur. Yılın en güzel zamanı."

"Evet, sanırım Lonny'den söz etti." Belki Joyce son haberleri duymamıştı daha. Gergin bir sessizlik oldu; daha doğrusu Sebastian gergindi. çünkü bu düğünün olmayacağını biliyordu. "Clare'e hayatını nasıl kazandığını sormadım," dedi sessizliği bozmak için.

Joyce güllerine döndü. "Romanlar yazıyor, ama senin kitabın gibi değil."

Sebastian neyin kendisini daha çok şaşırttığından emin değildi; Bayan Wingate'in onun hakkında bir kitap yazdığından haberdar olacak kadar çok şey bilmesi mi yoksa Clare'in yazar olması mı. "Öyle mi?" Clare'in de annesi gibi hayır kurumlarında çalışacağını sanıyordu. Ama bir yandan da onun hayali bir köpek hakkında hikâyeler anlattığını hatırlıyordu. "Ne yazıyor? Kadın romanları mı?"

"Onun gibi bir şey," diye karşılık verdi Joyce; sonra açık mavi gözlerinde yine alevler parladı.

O akşam, babasıyla yemekte baş başa kaldıklarında Sebastian sordu. "Clare hayatını nasıl kazanıyor gerçekten?"

"Romanlar yazıyor işte."

"Anladım. Ne tür romanlar?"

Leo bir tabak fasulyeyi Sebastian'a doğru itti. "Aşk romanları."

Sebastian'ın kâseye uzanan eli hareketsiz kaldı. Küçük Claresta? Öpüşünce bebek olacağını sanan ufaklık? Kalın camlı gözlükleri olan garip görünümlü bir kızdan güzel bir kadına dönüşen kız? Roman yazarı mı olmuştu? "Saçma sapan şeyler değil herhalde?"

"Joyce pek hoşlanmıyor onlardan."

Sebastian kâseyi aldı ve gülmeye başladı. Demek ki sapça sapan şeyler değildi.

ÜÇÜNCÜ BÖLÜM

"Bana bunun bir şey ifade etmediğini söyledi," dedi Clare ve kahvesinden bir yudum aldı. "Sanki o tamirciyi sevmediği için ortada bir sorun yokmuş gibi. Üçüncü sevgilim de kendisini bir striptizciyle yakaladığımda aynı mazereti öne sürmüştü."

"Piç kurusu!" diye küfretti Adele badem aromalı kremayı fincanına koyarken.

"Gay ya da değil," diyerek konuşmaya katıldı Maddie, "bütün erkekler köpek."

"İşin en kötü tarafı, Cindy'yi de aldı," dedi Clare, Lonny ile birlikte önceki yıl almış oldukları teriyeyi kastederek. Lonny eşyalarını toplarken o duş almış ve nedime kıyafetini değiştirmişti. Evdeki bazı eşyalar tamamen Lonny'ye aitti ya da ortak aldıkları şeylerdi. Lonny hepsini alabilirdi; Clare evde onu hatırlatacak hiçbir şey kalsın istemiyordu ama Cindy'yi götüreceği hiç aklına gelmemişti.

"Maddie'yi taklit etmiş gibi olacağım ama," dedi Lucy, bir fincan daha kahve alarak, "piç kurusu." Lucy evleneli daha yirmi dört saat bile olmamıştı ama

Clare'in sıkıntısını duyunca çiçeği burnunda kocasını yalnız bırakmıştı.

"Quinn'in buraya gelmene bozulmadığına emin misin?" diye sordu Clare, Lucy'nin kocasını kast ederek. "Balayınızı berbat ettiğim için çok üzgünüm."

"Hiç sorun değil." Lucy arkasına yaslandı ve fincanına üfledi. "Dün gece kendisini öyle mutlu ettim ki Quinn'in ağzı kulaklarında. Hem balayına yarın sabah çıkıyoruz."

Clare, Lonny'nin yaptıklarını gözleriyle gördüğü halde, olanlara inanamıyordu. Damaları kasılıyor, içinde hem öfke hem de acı duyuyordu. Gözyaşlarını tutmaya çalışarak başını salladı. "Hâlâ şoktayım."

Maddie fincanını masaya bırakarak eğildi. "Tatlım, bunun gerçek bir şok olduğundan emin misin?"

"Tabii ki gerçek bir şok." Clare yanağındaki yaşı sildi. "Ne demek istiyorsun sen?"

"Yani biz hepimiz onun gay olduğunu düşünüyorduk."

Clare, büyük büyükannesinin koltuklarında oturan arkadaşlarının yüzlerine teker teker baktı. "Ne? Hepiniz mi?"

Diğerleri bakışlarını kaçırdılar.

"Ne kadar zamandır?"

"Onu ilk gördüğümüzden beri," diye itiraf etti Adele.

"Ve hiçbiriniz bana söylemediniz?"

Lucy gümüş şekerlikten bir şeker aldı. "Hiçbirimiz bunu sana söyleyen kişi olmayı istemedik. Seni çok seviyoruz. Acı çekmene gönlümüz razı olmadı."

Adele ekledi. "Üstelik içten içe senin bunu bir şekilde sezmiş olman gerektiğini düşündük."

"Ama sezmedim!"

"Hiç şüphelenmedin mi?" diye sordu Maddie. "Adam sürekli süs eşyaları yapıyordu."

Clare beyaz gömleğinin yakasını tuttu. "Onun yaratıcı olduğunu düşündüm."

"Pek sık sevişmediğinizi bize kendin söylemiştin."

"Bazı erkeklerin seks güdüleri güçlü değildir."

"Bu kadar da zayıf olamaz ama," dediler diğerleri.

"Balcony Kulüp'e takılıyor." Maddie kaşlarını çattı. "Bunu biliyordun değil mi?"

"Evet, ama Balcony Kulüp'te bir içki içen bütün erkekler gay değil ki."

"Kim söyledi bunu sana?"

"Lonny."

Üç arkadaş hiçbir şey söylemediler. Buna gerek yoktu. Kalkan kaşları her şeyi anlatıyordu zaten.

"Pembe giyiyordu," dedi Lucy.

"Bugünlerde erkekler pembe giyiyor zaten."

Adele başını salladı. "Birileri onlara giymemeleri gerektiğini söylemeli."

"Ben pembe giyen bir erkekle hayatta beraber olmam," dedi Maddie. "Kadınsı yönleri olan erkeklerden hiç hoşlanmıyorum."

"Quinn hiç pembe giymez." Lucy, Clare'in bir şey söylemesine fırsat bırakmadan ekledi. "Lonny tırnak bakımına da pek meraklıydı."

Bu doğruydu. Lonny tırnakları konusunda takıntılıydı. Clare başını eğdi. "Onun metroseksüel olduğunu sanmıştım."

Maddie başını iki yana salladı. "Metroseksüellik diye bir şey var mı gerçekten?"

"Belki de bu eşcinsel erkeklerin kendilerine uydurdukları bir kılıf." Adele omuz silkti. "Lonny umurumda değil. Benim için önemli olan sensin. Bu sıkıntıyı tek başına yaşayacağına bize dün anlatmalıydın."

"Lucy'nin gününü berbat etmek istemedim."

"Mahvetmezdin." Lucy başını sallayınca sarı atkuyruğu mavi gömleğinin yakasına sürtündü. "Hepiniz bir anda kaybolunca bir şey mi oldu diye merak ettim. Sonra Adele ve Maddie geldiler ama sen yoktun."

"Çok içmiştim," diye itiraf etti Clare. Kimse onun karaoke makinesinin başında nasıl rezil olduğunu ve diğer utanç verici anları hatırlatmadığı için memnun olmuştu.

Bir an arkadaşlarına Sebastian'dan söz edip etmemek konusunda kararsız kaldı, ama bahsetmemeye karar verdi. Her kızın kendine saklaması gereken küçük düşürücü anlar vardı. Onun yaşında sarhoş olup kendini kaybetmek de bunlardan biriydi. Bana hiç bu kadar güzel sevişmediğini söyledin, demişti Sebastian ve havlusunu indirirken gülmüştü. Doymak bilmedin. Evet, bazı şeyleri gizli tutmak en iyisiydi.

"Erkekler çok kötü," dedi, Sebastian'ın kahkahasını düşünerek. Clare'in nefret ettiği bir şey varsa o da birinin, özellikle bir erkeğin ona gülmesiydi. Hele bu erkek Sebastian Vaughan olursa... "En zayıf anımızı yakalıyorlar ve bizden faydalanıyorlar."

"Doğru. Seri katiller de kurbanlarını en zayıf anlarında öldürürlermiş," dedi cinayet romanları yazan ve öykülerini hep gerçek hayattan aldığı için birçok sosyopatla görüşmüş olan Maddie. Sonunda insanlardan ürkmeye başlamıştı; dört yıldır kimseyle beraber olmuyordu.

"Size geçen haftaki randevumdan söz etmiş miydim?" dedi Adele konuyu değiştirmeye çalışarak. O da bilimkurgu romanları yazıyor ve garip erkeklerle flört ediyordu. "Hyde Park'ta küçük bir mekânda barmen." Güldü. "Düşünebiliyor musunuz, bana William Wallace'ın reenkarnasyonu olduğunu söyledi."

"Ha ha." Maddie kahvesinden bir yudum aldı. "Neden reenkarnasyona inanan herkes bundan önceki hayatında ünlü biri olduğunu düşünüyor? Kimse çarpık dişli bir köylü kız ya da geminin yerlerini silen bir temizlikçi olduğuna inanmıyor."

"Belki de yalnızca ünlü insanlar dünyaya yeniden geliyordur," dedi Lucy.

Maddie homurdandı. "Bence bütün bunlar saçmalık."

Clare en önemli iki sorudan ilkini sordu. "Bu barmen Mel Gibson'a benziyor mu?"

Adele başını salladı. "Korkarım hayır."

Sıra daha önemli olan ikinci soruya gelmişti. "Ona inanmıyorsun değil mi?"

"Hayır." Adele yine uzun sarı buklelerini salladı. "Ona sorular sordum. John Blair hakkında hiçbir şey bilmiyordu."

"Kim?"

"Wallace'ın arkadaşı ve sağ kolu. William Wallace hakkında araştırma yapmak zorunda kaldım. Meğer barmen beni yatağa atmaya çalışıyormuş."

"Köpek."

"Serseri."

"İşe yaradı mı?"

"Hayır. Bugünlerde beni kandırmak pek kolay değil."

Clare Lonny'yi düşündü. Keşke o da aynısını söyleyebilseydi. "Neden erkekler bizi kandırmaya çalışıyor?" Sonra kendi sorusunu cevapladı. "Çünkü hepsi yalancı ve üçkâğıtçı." Arkadaşlarının yüzlerine bakıp çabucak ekledi. "Ah, özür dilerim, Lucy. Quinn dışında bütün erkekler demek istemiştim."

"Yok canım," dedi Lucy. "Quinn de mükemmel sayılmaz. Üstelik inan bana, ilk tanıştığımızda mükemmellikle uzaktan yakından ilgisi yoktu." Gülümsedi. "Yatak odası dışında yani..."

"Bunca zaman," Clare başını salladı, "Lonny'nin libidosunun düşük olduğunu sandım. Buna inanmamı sağladı. Onun için yeterince çekici olmadığımı düşündüm, beni buna da inandırdı. Ona nasıl âşık olabildim? Sorun bende olmalı."

"Hayır, Clare," dedi Adele. "Sen mükemmelsin."

"Evet."

"Sorun ondaydı. Sende değil." Ve bir gün," diye ekledi Lucy, "harika birini bulacaksın. Hani şu romanlarında yazdığın kahramanlar gibi birini."

Saatlerce süren ikna çalışmalarına karşın, Clare

kendisinde bir sorun olmadığına inanamıyordu. Sürekli gidip Lonny gibi, doğru dürüst sevmeyi bilmeyen erkekleri buluyordu.

Arkadaşları gittikten sonra, evin içinde dolaştı. Kendini hiç bu kadar yalnız hissetmemişti. Lonny hayatına giren tek erkek değildi elbette ama birlikte yaşadığı tek adamdı.

Yatak odasına geçip Lonny ile ortak kullandıkları gardırobun önünde durdu. Alt dudağını ısırdı ve kollarını göğsünde kavuşturdu. Lonny eşyalarını aldığından dolabın yarısı boş kalmıştı. Şifoniyerin üzerinde de onun losyonları ve fırçaları yoktu. Cindy ile çektirdiği fotoğrafı bile almıştı.

Clare'in gözleri doldu ama ağlamayacaktı; çünkü bir kere ağlamaya başlarsa kendini durduramamaktan korkuyordu. Ev çok sessizdi; klimanın sesinden başka bir şey duyulmuyordu. Komşunun kedisini görünce havlayan köpeğin ya da son maketi üzerinde çalışan nişanlısının sesi yoktu.

Lonny çoraplarının özenle dizilmiş bir halde durduğu çekmeceyi açtı Bomboştu. Bir iki adım geri çekilip yatağın üzerine oturdu. Son yirmi dört saat içinde her duyguyu yaşamıştı. Acı. Öfke. Üzüntü. Kafa karışıklığı. Kayıp. Panik ve korku. Şimdi ise kendini uyuşmuş hissediyordu. Bir hafta boyunca uyuyabilirdi. Bu acı geçene kadar uyumak istiyordu.

O sabah eve döndüğünde, Lonny onu bekliyordu. Kendisini affetmesi için yalvarmıştı.

"Sadece bir kereydi," demişti. "Bir daha asla olmayacak. Sırf bir hata yaptım diye yaşadığımız her şeyi silip atamayız. Benim için hiçbir anlamı yoktu. Sadece seksti."

İlişkiler söz konusu olduğunda, Clare anlamsız seks kavramını çözemiyordu bir türlü. Eğer sürekli bir ilişkin yoksa tamamdı, ama bir erkek bir kadına âşıkken nasıl başka bir kadınla seks yapabilirdi? Arzuyu ve çekimi anlıyordu elbette. Ama bir insanın -gay olsun olmasın- sırf kendisi için bir anlam ifade etmeyen seks uğruna birini incitmesini aklı almıyordu.

"Bunu halledebiliriz. Yemin ederim, yalnızca bir kez oldu," demişti Lonny. Sanki bunu sürekli tekrarlarsa Clare ona inanacaktı. "Ben hayatımızı çok seviyorum."

Evet, hayatlarını seviyordu. Ama onu sevmiyordu. Clare eskiden olsa onu dinleyebilirdi. Bu sonucu değiştirmezdi belki, ancak en azından değiştirmesi gerektiğini düşünebilirdi. Ona inanmaya, onu anlamaya çalışabilirdi. Fakat artık mümkün değildi. Kendini onun için hiçbir şey yapmayan erkekler uğruna feda etmekten bıkmıştı.

"Bana yalan söyledin ve bu yalanı yaşamak için beni kullandın," demişti. "Buna daha fazla ortak olmayacağım."

Lonny onun fikrini değiştiremeyeceğini anlayınca, tipik bir erkek gibi davranmış ve kötüleşmişti. "Bana daha fazla heyecan yaşatsaydın, gözüm dışarıda olmazdı."

Clare düşününce, üçüncü sevgilisinin de onu bir striptizciyle yakaladığında aynı bahaneyi öne sürdüğünü hatırlamıştı. Üstelik adam yakalandığında utanıp sıkılmak yerine, onu da kendilerine katılmaya davet etmişti.

Clare sevdiği erkeğin kendisiyle yetinmesini istemesinin bencillik olduğunu düşünmüyordu. Aşk yeterdi; üçüncü kişilere, kırbaçlara, zincirlere ne gerek vardı?

Hayır, Lonny hayatında kalbini kıran ilk erkek değildi. Sonuncuydu sadece. Önce ilk aşkı Allen vardı. Sonra kötü bir grupta davul çalan Josh. Bisikletçi sam, avukat Rod ve üçkâğıtçı Zack. Her biri bir öncekinden farklıydı. Sonuçta hiçbiriyle ilişkisi sürmemişti.

Aşk romanları yazıyordu. Gizemli, tutkulu aşk hikâyeleri. Ama kendisi aşk yaşamaya kalktığında sonuç fiyasko oluyordu. Bunu nasıl yapabiliyordu? Çok iyi bildiğini, hissettiğini düşündüğü bir şeyde nasıl yanılabiliyordu? Hem de tekrar tekrar?

Nasıl bir sorunu vardı?

Arkadaşları haklı mıydı? Bilinçaltında Lonny'nin gay olduğunu hissetmiş miydi? Onun adına mazeretler ürettiğinin farkında mıydı? Onun cinsel isteksizliğini kabullenirken? Hatta bu yüzden kendini suçlarken?

Clare şifoniyerin üzerindeki aynaya, gözlerinin altındaki mor halkalara baktı. Sığ. Boş. Tıpkı Lonny'nin çorap çekmecesi gibi. Hayatı gibi. Her şey gitmişti. Son iki gün içinde çok şey yitirmişti. Nişanlısını ve köpeğini. Ruh eşlerine olan inancını. Annesinin elmas küpesini.

Küpeyi kaybettiğini o sabah eve döndükten kısa bir süre sonra fark etmişti. Biraz uğraşırsa, kaybettiğine benzeyen bir elmas bulabilirdi belki. Ama içindeki boşluğu doldurabilecek bir şey bulması kolay olmayacaktı.

Yorgunluğuna rağmen canı dışarı çıkmak istedi.

Yapması gereken şeyleri zihninden geçirdi. Kışlık bir kabana ihtiyacı vardı. Henüz ağustos ayıydı ama eğer acele etmezse bebe.com'da gördüğü yünlü kaban satılabilirdi. Ayrıca Macy's'te gördüğü çantayı almak istiyordu. Kabanıyla çok uyumlu olacaktı. Belki hem siyahını hem de kırmızısını alırdı. Estee Lauder rimel ve kaş kalemi de almalıydı. Son zamanlarda kendini çok ihmal etmişti.

Alışveriş merkezine giderken yol üstünde en sevdiği fastfood restoranında kendine ziyafet çekecekti. Sonra Bayan Powell'ın zencefilli limonatasından içecekti ve...

Clare oturdu ve içindeki boşluğu bir şeylerle doldurma güdüsünü dizginlemeye çalıştı. Yemek. Giysiler. Erkekler. Dürüst olması gerekirse, hayatına şöyle bir bakmalı ve yüzünü boyamanın, gardırobunu doldurmanın, bir erkek arayışına girmenin yüreğindeki boşluğu doldurmayacağını kabul etmeliydi. Uzun vadede bunun hiçbir yararı olmazdı. Sonunda kendisini spor salonuna gitmek zorunda kalan kilolar, modası geçmiş bir sürü giysi ve boş bir çorap çekmecesiyle kalakalırdı.

Belki de bir psikiyatra ihtiyacı vardı. Tarafsız olarak kafasının içine bakacak, sorununun ne olduğunu ve hayatını nasıl düzene sokması gerektiğini söyleyecek birine.

Belki uzun bir yolculuk ona iyi gelirdi. Abur cuburdan, kredi kartlarından ve erkeklerden uzak dursa iyi olurdu. Sebastian'ı ve onun kalçalarına doladığı beyaz havluyu düşündü. Testosteronla ilgili her şeyden uzak durmak zorundaydı.

Fiziksel olarak yorgundu ve duygusal olarak incinmişti. Üstelik içkinin etkisinden de hâlâ kurtulamamıştı. Elini ağrıyan başına götürdü ve en azından hayatını yoluna koyana kadar alkolden ve erkeklerden uzak duracağına dair kendine söz verdi.

Ayağa kalktı, karyolanın başına tutundu. Kalbi ve gururu paramparça olmuştu. Ama bunları tamir edebilirdi.

Başka bir şey vardı. Sabahleyin ilk olarak ilgilenmesi gereken başka bir şey. Çok ciddi bir şey.

Bu onun belirsiz bir gelecekten daha fazla korkutuyordu.

Rathstone dükü Vashion Eliot ellerini arkasında kavuşturdu. Bakışlarını Bayan Winters'ın şapkasındaki mavi tüyden yeşil gözlerine kaydırdı.

Clare bilgisayarın monitörünün sağ alt köşesindeki saate baktı.

Bayan Winters sivri çenesine karşın çok güzeldi. İn*sanın soluğunu kesecek kadar güzeldi. Adamın hayatındaki en son güzel kadın, hem yatakta hem de hayatının diğer alanlarında büyük bir tutku yaşadığı, kolay kolay unutamayacağı eski metresiydi.*

"Bundan önce Lord ve Leydi Governese hizmetinde çalışıyordum. Onların üç oğluna bakıyordum."

Genç kadın bir rüzgâr esse uçacakmış gibi narin görünüyordu. Adam onun göründüğünden daha güçlü olup olmadığını merak etti. Çenesinin gösterdiği kadar inatçı mıydı acaba? Onu işe almaya karar verirse, kadının dikbaşlı olması gerekecekti. O çalıştığı herkesin kararlı ve güçlü olmasını isterdi.

"Tamam tamam." Kadın tavsiye mektubunu masasına bırakırken, adam elini sabırsızca salladı. "Burada olduğunuza göre, gazeteye verdiğim ilanı okudunuz demek."

"Evet."

Adam masasının etrafından dolaştı ve kahverengi ceketinin kıvrımlarını düzeltti. Oldukça uzun boylu ve yapılı bir adamdı. "Öyleyse yolculuk etmeniz gerekebileceğinin de farkındasınız. Çünkü zaman zaman çıktığım yolculuklara kızımı da götürmem gerekebilir." Emin değildi, kadının gözlerinde yolculuk sözünü duyduğunda bir heyecan pırıltısı görmüştü sanki.

"Evet, efendim."

Clare birkaç sayfa daha yazdıktan sonra durdu. Saat dokuzda telefonuna uzandı. Gecenin büyük bölümünü bu konuşmayı düşünerek uykusuz geçirmişti. Dr. Linden'in muayenehanesini aramayı hiç istemiyordu.

Rakamları tuşladı. Karşısına çıkan sekretere, "Randevu almak istiyorum," dedi.

"Dr. Linden'in hastası mısınız?"

"Evet. Adım Clare Wingate."

"Doktorla mı görüşeceksiniz yoksa pratisyen hekimimiz Dana'yla mı?"

Clare emin değildi. Bunu daha önce hiç yapmamıştı. Cevap vermek için ağzını açtı ama boğazı kurumuştu. Yutkundu. "Bilmiyorum."

"Yıllık muayeneninizi nisanda yaptırdığınızı görüyorum. Hamile olduğunuzdan mı şüpheleniyorsunuz?"

"Hayır... hayır... ben... Bir şey fark ettim de... sevgilimi yakaladım... yani sevgilimin şeyini keşfettim... onun beni aldattığını." Clare derin bir soluk aldı ve elini boğazına götürdü. Neden bu kadar zorlanıyordu? "Bu yüzden test yaptırmak istiyorum... Şey... HIV." Sinirli bir şekilde güldü. "Yani, biliyorum, düşük bir ihtimal ama yine de emin olmak istiyorum. Beni yalnızca bir kez aldattığını söyledi, ama insan kendini aldatan birine nasıl inanabilir ki? Bu testi olabildiğince çabuk yaptırmak istiyorum."

"Bakayım." Kızın klavyenin tuşlarına bastığı duyuldu. "Size olabildiğince erken bir tarihe randevu vereceğim. Dana'nın Perşembe günkü randevularından biri iptal etmiş. Saat dört buçuk sizin için uygun mu?"

Perşembe. Üç gün vardı. İnsana sonsuz gibi gelen bir zamandı bu. "Uygun." Sessizlik oldu. Sonra Clare sordu. "Ne kadar sürecek?"

"Test mi? Uzun sürmez. Sonuçları hemen alırsınız."

Clare telefonu kapatıp arkasına yaslandı ve boş gözlerle bilgisayar ekranına baktı. Sekretere doğruyu söylemişti. Lonny'nin ona herhangi bir şey bulaştırdığına inanmıyordu, ama artık bir yetişkindi ve her şeyden emin olmalıydı. Sevgilisi ona ihanet etmişti. Lonny'yi bir kadınla yakalamış olsa da bu testi yaptırırdı. Aldatma aldatmaydı.

Başının ağrıdığını hissetti. Ellerini şakaklarına götürüp masaj yaptı. Saat daha on bile olmadığı halde baş ağrısı başlamıştı. Hayatı karmakarışıktı ve hepsi Lonny'nin yüzündendi. Bir de şimdi test yaptırmak zorundaydı. Kendisi hep tek eşli yaşamıştı. Daima. Önüne gelenle yatmamıştı...

Sebastian...

Elleri kucağına düştü. Sebastian'a söylemek zorundaydı. Bu düşünce başının daha da fazla ağrımasına neden oldu. Kondom kullanıp kullanmadıklarını bilmiyordu ve bunu ona söylemek zorundaydı.

Ya da hayır. Testin sonucunun negatif çıkmasını bekleyebilirdi. O zaman belki de söylemesine gerek kalmazdı. Perşembeye kadar kiminle sevişecekti ki? Sebastian'ın havluyu düşürmesini hatırladı.

Neden olmasın, diye düşündü. Uzanıp masasının çekmecesinden aspirin şişesini aldı.

DÖRDÜNCÜ BÖLÜM

Kayıt cihazımı sarı not defterimin yanına koyarak, masanın karşısında oturan, sadece adının Smith olduğunu bildiğim adama baktım. Etrafımızdakiler bir yandan konuşup gülerken bir yandan da Smith'i ve beni süzüyorlardı. Neredeyse Bağdat'ta, Muhammed adında bir adamın karşısında oturduğumu düşünecektim. İki adam da...

Sebastian yazdıklarını okudu ve yüzünü ellerinin arasına aldı. Hiç beğenmemişti. Delete tuşuna basıp hepsini sildi.

Ayağa kalkıp iskemleyi itti. Anlamıyordu. Notlar tutmuştu, taslağı kafasında oluşturmuştu. Şimdi tek yapması gereken oturup bunları düzene sokmaktı. "Lanet olsun!" dedi. Midesine bir sancı saplanmıştı sanki. "Lanet olsun! Lanet olsun!"

"Bir sorun mu var?"

Derin bir soluk aldı. Babası kapıda durmuş, ona bakıyordu. "Hayır. Sorun yok." Daha doğrusu yüksek sesle dile getirebileceği bir sorun yoktu. Yazmak zorundaydı. Yazacaktı. Daha önce hiç böyle bir sorun yaşamamıştı. Ama bunu çözecekti. Buzdolabına gidip bir kutu portakal suyu aldı. Aslında birayı tercih ederdi ama daha öğlen bile olmamıştı. Kendini çok kötü hissetmedikçe bütün gün içmiyordu.

Karton kutuyu ağzına götürdü ve birkaç büyük yudum aldı. Soğuk meyve suyu boğazını yaktı ve ağzındaki panik tadını götürdü. Sebastian'ın gözü buzdolabının üzerinde duran tahta ördeğe takıldı. Evin her tarafında böyle tahta ördekler vardı. Babasının bu merakının nerden kaynaklandığını bilmiyordu. Şapkasının kenarından göz ucuyla kendisini süzmekte olan babasına döndü. "Herhangi bir konuda yardıma ihtiyacın var mı?"

"Biraz vaktin varsa, Bayan Wingate için bir şeyi taşımama yardım edebilirsin. Ama sen çalışırken işini bölmekten nefret ediyorum."

Durmadan yazıp silmeye çalışmak denirse tabii. Sebastian ağzını elinin tersiyle silip kutuyu yeniden buzdolabına koydu. "Ne taşınacak?"

"Büfe."

Sebastian küçük mutfaktan çıkıp babasını takip etti. Bahçede yan yana yürüdüler. Kusursuz bir baba oğul tablosu olabilirdi bu ama hiç de öyle değildi.

"Hava güzel olacak," dedi Sebastian, kendi Land Cruiser'ının yanına park edilmiş olan gümüş rengi Lexus'un yanından geçerken.

"Evet, hava durumunda sıcaklığın artacağı söylendi," diye karşılık verdi Leo.

Sonra rahatsız edici bir sessizlik oldu. Sebastian yaşlı adamla konuşurken neden böyle zorlandığını bilmiyordu. Daha önce devlet başkanlarıyla, seri katillerle, dinî ve askerî liderlerle röportajlar yapmıştı;

ama kendi babasına ne söyleyeceğini, ne soracağını bilmiyordu. Babasının da aynı durumda olduğu belliydi.

Birlikte ana binaya doğru yürüdüler. Sebastian, sebebini bilmeksizin, gri tişörtünü Levi's kotunun içine soktu ve parmaklarıyla saçlarını düzeltti. Kendini kiliseye giriyormuş gibi hissediyordu. Leo da şapkasını çıkardı.

Leo kapıyı açtı. Taş merdivenlerden çıkıp mutfağa yöneldiler. Hâlâ konuşmuyorlardı. İkisi de birbirinin yanında olmaktan rahatsızdı sanki. "Buradan bir an önce gitmeliyim," diye düşündü Sebastian. Washington'da onu bekleyen bir sürü şey varken, kalıp babasıyla zoraki iletişim kurmaya çalışması anlamsızdı. Annesinin evini satışa çıkarması ve hayatına devam etmesi gerekiyordu. Üç gündür buradaydı. Bu, bir diyalog kurmaya yetecek bir süreydi. Ama olmuyordu. Babasının servis masasını taşımasına yardım edecek, sonra da gidip eşyalarını toplayacaktı.

Evin içi müzeyi andırıyordu. Her şey cilalı ve düzenliydi. İçerde hafif bir nem kokusu ve serinlik vardı.

Sebastian, duvarın önünde duran, üzerinde oymalı çiçeklerin olduğu, çekmeceli bir mobilyanın yanına gitti. "Büfe bu mu?"

"Evet. Fransız işi ve çok eski. Yüz yıldan fazla süredir Bayan Wingate'in ailesine ait," dedi Leo.

Sebastian bunun antika olduğunu anlamış ve Fransız işi olmasına da şaşırmamıştı. Kendisi modern çizgileri ve rahatlığı tercih ediyordu. "Nereye taşıyacağız?"

Leo kapının yanındaki duvarı işaret etti. İkisi büfeyi birer ucundan tuttular. Pek ağır değildi, kolayca taşıdılar. Tam yeni yerine koymuşlardı ki, Joyce Wingate'in sesi duyuldu. "Sen ne yaptın peki?"

"Ne yapacağım bilemedim," diye karşılık verdi Sebastian'ın tanıdığı bir başka ses. "Şok geçirdim. Evden çıkıp Lucy'nin düğününe gittim."

"Çok garip. Nasıl gay oluvermiş acaba?"

Sebastian babasına baktı. Leo çay servisinin başına gitmiş, şeker ve kremayla ilgileniyordu.

"İnsan gay oluvermez anne," dedi Clare. "Öyle olduğu belliymiş zaten."

"Nereden belliymiş? Ben bir şey fark etmedim."

"Şimdi düşünüyorum da, antika ev eşyalarına filan aşırı meraklıydı."

"Bir sürü erkek ev eşyasına meraklıdır."

"Anne, onu başka bir erkekle yakaladım. Sevişiyorlardı. Benim yatak odamda üstelik. Tanrı aşkına, başka ne görmeyi bekliyorsun?"

Leo çay servisini büfeye götürdü ve bir an Sebastian'la göz göze geldi. Sebastian geldiğinden beri ilk kez yaşlı adamın yeşil gözlerinin muzipçe parladığını görmüştü.

"Claresta, sesini yükseltmene gerek yok. Bunları bağırmadan da tartışabiliriz."

"Öyle mi? Sırf Lonny çatal bıçak kullanmayı bildiği ve lokmalarını çiğnerken ağzını açmadığı için onunla birlikte olmaya devam etmeliymişim gibi konuşuyorsun!"

Bir sessizlik oldu. Sonra Joyce konuştu. "Sanırım düğünü iptal etmek yerinde olacak."

"Sanıyor musun? Senin beni anlamayacağını biliyordum. Hatta bunları sana anlatmakta tereddüt ettim. Onun senin gözünde mükemmel erkek olduğunu anlıyorum, anne, ama benim için öyle değil."

Clare saçlarını atkuyruğu yapmıştı. Üzerinde beyaz bir takımla mavi gömlek vardı. İnci küpeler takmıştı. Eteği dizlerinin hemen üstündeydi; beyaz ayakkabılarının burnu kapalıydı. Topukları gümüş topları andırıyordu. Neredeyse bir rahibe kadar kapalı giyinmişti. Sebastian'ın onu otelde son gördüğü halinden çok farklıydı.

Clare tam kapıdan çıkmak üzereyken geri döndü. "Benim çatalını değil başka şeyleri kullanmayı bilen bir erkeğe ihtiyacım var!"

"Clare, ne biçim konuşuyorsun!"

"Öyle mi? Ne yapabilirim anne? Uzun zamandır bir gayle birlikte yaşıyorum. Uzun süredir seks yapmadım. Kendimi bakire gibi hissediyorum!"

Sebastian güldü. Kendini tutamamıştı. Karşısında çıplak halde duran kadının görüntüsü, "kendini bakire gibi hissettiğini" söyleyen bu kadınla hiç uyuşmuyordu. Clare sesi duyunca döndü ve Sebastian'ı gördü. Yanaklarına bir pembelik yayıldı; kaşlarının arasındaki çizgi derinleşti. Sonra tıpkı önceki gün otel odasında yaptığı gibi, kendini çabucak topladı. Ceketini düzeltip yemek odasına girdi.

"Merhaba, Sebastian. Harika bir sürpriz değil mi?" Sesi keyifli gibiydi, ama Sebastian onun söylediklerinde samimi olmadığını biliyordu. Clare gülümsedi ama bu da yapmacık bir gülümsemeydi. "Baban çok sevinmiş olmalı." Clare elini uzattı, Sebastian da bu eli tutup sıktı. Avuç içinin terli olduğunu fark etti. "Kasabada ne kadar kalacaksın?" diye sordu Clare sahte bir kibarlıkla.

"Emin değilim," dedi Sebastian ve onun gözlerinin içine baktı. Babasının onun gelişine ne kadar sevindiğini kestiremiyordun ama Clare'in zihnini okuyabiliyordu. Onun önceki gece olanları herkese yayıp yaymayacağını merak ediyordu. Gülümsedi.

Clare elini çekti ve kollarını uzatarak Leo'nun yanına gitti. "Merhaba, Leo, görüşmeyeli epey oldu."

Yaşlı adam onu kucakladı ve sanki bir çocukmuş gibi sırtını okşadı. "Kendini bu kadar özletme," dedi.

"Bazen molaya ihtiyacım oluyor," dedi Clare. "Uzun bir molaya."

"Annen o kadar da kötü biri değil canım."

"Sana göre öyle." Clare elini salladı. "Lonny hakkında konuştuklarımızı duymuşsunuzdur herhalde." Gözlerini Leo'ya dikmişti, Sebastian'ı yok sayıyor gibiydi.

"Evet. Gittiğine üzülmedim," dedi Leo, sesini alçaltıp Clare'e bilmiş bilmiş bakarak. "Onun yumuşak bir tarafının olduğundan hep şüphelenmiştim."

Eğer yaşlı adam da Clare'in nişanlısının gay olduğunu biliyorsa, Clare bunu nasıl fark etmemişti? Sebastian bunu çok merak ediyordu doğrusu.

"Ben... şey olmanın yanlış bir yanı olduğunu söylemiyorum... yani? ama eğer bir erkek erkekleri tercih ediyorsa... of nasıl desem... kadınlardan hoşlanıyormuş gibi davranmamalı." Leo, Clare'i rahatlatmak istercesine elini onun omzuna koydu. "Yanlış olan bu."

"Sen de mi biliyordun, Leo?" Clare başını salladı

ve Sebastian orada değilmiş gibi davranmaya devam etti. "Nasıl oldu da benim dışımda herkes anladı?"

"Çünkü sen ona inanmak istiyordun. Ayrıca bazı erkekler numaracıdır. Senin yumuşacık bir kalbin ve kişiliğin var; o da bundan yararlandı. Sen, doğru bir erkeğe verebilecek pek çok şeye sahipsin. Güzelsin, başarılısın, bir gün sana layık birini bulacaksın."

Sebastian kasabaya geldiğinden beri babasının bu kadar çok cümleyi ardı ardına kurduğunu duymamıştı. Hele onun yanındayken...

"Ah." Clare başını yana eğdi. "Sen tanıdığım en tatlı erkeksin."

Leo gülümsedi. Sebastian da birden, tıpkı çocukluklarında yaptığı gibi, Clare'i atkuyruğundan yakalayıp çekmek ve çamurun içine yatırmak istedi. "Annenle babama dün akşam Double Tree'de karşılaştığımızı söyledim," dedi. "Keşke apar topar gitmek zorunda kalmasaydın. Biraz sohbet ederdik."

Clare sonunda Sebastian'a döndü ve dolgun dudaklarını yine sahte bir gülümsemeyle büktü. "Evet. Ben de üzüldüm." Leo'ya baktım. "Son oyma işin nasıl gidiyor?"

"Bitti sayılır. Gelip görmen gerek."

Sebastian ellerini kotunun ceplerine soktu. Clare konuyu değiştirmiş ve onu yine geri planda bırakmıştı. Genç adam bundan hiç hoşlanmıyordu. Büfeye yaslanıp sordu. "Ne oyması?"

"Leo tahtadan harika heykeller yapıyor."

Sebastian bunu bilmiyordu. Bu heykelcikleri evlerinde görmüştü elbette ama babasının yaptığını tahmin etmemişti.

"Geçen yıl ördeklerinden biriyle bir yarışmaya katıldı ve kazandı. Çok güzel bir ördekti." Clare sanki yarışmayı kendi kazanmış gibi gururluydu.

"Ne kazandın?" diye sordu Sebastian babasına.

"Hiçbir şey." Leo boynundan kulaklarına kadar kızarmıştı. "Mavi bir kurdele verdiler, o kadar."

"Ne kadar alçakgönüllüsün," dedi Clare. "O kurdelenin büyük bir manevi değeri vardı."

"Evet," dedi Leo halıya baktı. "Senin kazandığın önemli ödüller gibi değildi ama yine de güzeldi, Sebastian."

Sebastian babasının onun aldığı gazetecilik ödüllerinden haberdar olduğunu bilmiyordu. Bunu doğru dürüst konuşmamışlardı bile.

O sırada Joyce simsiyah giysiler içinde içeri girdi ve ördeklerle ödüller hakkındaki konuşmayı sona erdirdi. "Hımm," dedi büfeyi işaret ederek. "Şimdi bakıyorum da, yerini sevmedim sanırım." Gümüş rengi kısa saçlarının bir tutamını kulağının arkasına sıkıştırdı ve boynundaki inci kolyeyle oynadı. "Biraz düşünmem gerek." Sonra odadaki üç kişiye döndü ve ellerini kalçalarına koydu. "Hepimizin bir arada olmamıza sevindim çünkü bir fikrim var." Kızına baktı. "Belki unutmuşsundur. Leo cumartesi günü altmış beş yaşına giriyor. Gelecek ay da bizimle birlikte çalışmaya başlamasının otuzuncu yılını kutlayacak. Sen de biliyorsun, o bizim için çok değerli ve ailemizin ayrılmaz bir parçası. Pek çok açıdan Bay Wingate'ten daha değerli."

"Anne," diye uyardı onu Clare.

Joyce ince elini kaldırdı. "Gelecek ay her iki olayı da kutlamak için bir şeyler yapmayı düşünmüştüm.

Ama madem şimdi Sebastian da burada, bu hafta sonu Leo'nun dostlarını da davet edip küçük bir parti düzenlesek iyi olur."

"Biz mi?"

"Bu hafta sonu mu?" Sebastian hafta sonuna kadar kalmayı planlamamıştı

Joyce, Clare'e döndü. "Hazırlıklara yardım etmek isteyeceğinden eminim."

"Elbette elimden geleni yaparım. Genellikle gündüzleri dörde kadar çalışıyorum ama sonra serbestim."

"Birkaç gün ara verebilirsin herhalde."

Clare bir an itiraz edecekmiş gibi baktı ama sonra o sahte gülümsemesini takındı. "Sorun değil. Üzerime düşeni yapmaktan mutluluk duyarım."

"Bilmiyorum." Leo başını salladı. "Şimdi bir sürü iş çıkacak. Sebastian da ne kadar kalacağını bilmiyor."

"Eminim birkaç gün daha kalabilir." Joyce emrimdeki biriyle konuşur gibi sordu. "Rica etsem kalır mısın?"

Sebastian ağzını hayır demek için açtı ama başka bir şey söyleyiverdi. "Neden olmasın?"

Neden olmasın? Olmaması için iyi sebepler vardı. Birincisi, babasıyla daha fazla zaman geçirirse ilişkilerinin daha da zayıflamayacağından emin değildi. İkincisi, Newsweek makalesini babasının mutfak masasında yazamayacağı belliydi. Üçüncüsü, annesinin evinin satışıyla ilgilenmek zorundaydı. Dördüncü ve beşinci nedenler ise karşısında duruyordu. Biri bu kararı karşısında çok rahatlamıştı; diğeri ise rahatsız olmuştu ve ona hâlâ yokmuş gibi davranıyordu.

"Harika." Joyce ellerini çenesinin altında birleştirdi. "Madem buradasın, Clare, işlere bir an önce başlayabiliriz."

"Anne, benim şimdi gitmem gerek." Clare, Sebastian'a dönüp sordu. "Bana eşlik etmek ister misin?"

Sebastian birdenbire görünmez olmaktan çıkmıştı sanki. Clare'in önceki gece hakkında konuşmak isteyeceğinden, ona karanlıkta kalan bazı noktaları soracağından emindi. "Tabii." Büfeden uzaklaştı ve ellerini ceplerinden çıkardı. Topuklu ayakkabılarıyla tıkırtılı sesler çıkararak yürüyen Clare'i takip etti.

Merdivenlerden önce inip kapıyı açtı. Bakışları Clare'in mavi gözlerinden sımsıkı toplanmış saçlarına kaydı. Çocukken Clare'in saçları hep dağınık olurdu. Şimdi ise insanda dağıtma arzusu yaratacak kadar ipeksi bir görünüme sahipti. "Çok farklı görünüyorsun," dedi.

Clare'in ceketinin kolu, Sebastian'ın tişörtüne sürtündü. "Cumartesi gecesi şahane göründüğümü söyleyemeyeceğim."

Sebastian kıkırdadı ve kapıyı arkalarından kapattı. "Yani çocukluk halinden çok farklı görünüyorsun demek istedim. Eskiden kalın camlı gözlükler takardın."

"Ah, sekiz yıl önce lazer operasyonu geçirdim." Clare ayaklarının altındaki yapraklara baktı. "Annemle konuşmamızın ne kadarını duydun?"

"Annenin Lonny ile ilgili haberlerden pek hoşlanmadığını anlayacak kadarını."

"Lonny annemin gözünde mükemmel erkekti." Clare'in Lexus'unun arkasında durdular. "Çiçeklerle bile ilgileniyordu."

"Bir çalışan gibi." Babam gibi, diye geçirdi içinden Sebastian.

Clare elini arabaya dayayıp evin arka tarafına baktı. "Neden benimle dışarı çıkmanı istediğimi anlamışsındır herhalde. Önceki gece olanlar hakkında konuşmamız gerek." Başını salladı, bir şeyler söylemek için ağzını açtı ama sesi çıkmadı. "Nereden başlayacağımı bilemiyorum."

Sebastian ona yardım edebilirdi. Hemen her şeyi açıklayabilir, önceki gece sevişmediklerini söyleyebilirdi. Ama Clare'in hayatını kolaylaştırmak onun işi değildi. Gazetecilik yaptığı yıllar içinde, sadece oturup dinlemesi gerektiğini öğrenmişti. Arabaya yaslandı, kollarını göğsünde kavuşturdu ve bekledi.

"Sanırım Double Tree barında karşılaştık," diyerek söze başladı Clare.

"Doğru. Yanında bir adamla içkileri yuvarlayıp duruyordun." Sebastian güldü. "Adamın burnunda halka vardı, dişlerinden birkaçı da eksikti."

"Ah, tanrım." Clare yumruğunu sıktı. "Bütün ayrıntıları duymak istediğimden emin değilim. Belki..." Durup güçlükle yutkundu. Sebastian gözlerini onun vücudunda dolaştırdı. Genç kadın tepeden tırnağa kapalı giyinmişti ama yine de çekici bir tarafı vardı. Sebastian'ın önceki gece gördüğü tarafı. Yine içinde pembe iç çamaşırının olup olmadığını merak etti.

"Ben barlarda sarhoş olacak ve erkekleri oteldeki odama davet edecek bir kadın değilim. Belki de buna inanmıyorsundur. Seni suçlayamam da... Ama gerçekten çok kötü bir gün geçirmiştim ve..."

Sebastian dinlerken onun şık kıyafetinin altında

jartiyer olup olmadığını düşünüyordu. Çok az kadın üzerinde jartiyerle güzel görünürdü. Ama Clare...

"... kondom."

"Ne?" Sebastian Clare'in yüzüne baktı. Clare'in yanakları kıpkırmızıydı. "Tekrarlar mısın?"

"Önceki gece kondom kullanıp kullanmadığını bilmem gerek. Ben çok sarhoş olduğum için hatırlamıyorum, ama senin hatırladığını umuyorum. Tabii biliyorum, bu senin kadar benim de sorumluluğumdu. Ama ben bunu planlamadığım için... Yanıma almamıştım. Dilerim sen sorumluluk gösterip kullanmışsındır. Çünkü günümüzde korunmasız seks çok ciddi sonuçlar doğurabiliyor."

Clare onu sarhoşken kendisinden faydalanmakla suçlamıştı. Onu görmezden gelmişti. Şimdi de böyle saçma sapan bir şey söylüyordu.

"Hafta sonuna doğru doktorumla randevum var. Eğer kondom kullanmadıysan, sen de bir doktora görünsen iyi olur. Ben tek eşli biriyle ilişki yaşadığımı sanıyordum ama... Biliyorsun, sadece birlikte olduğun kişiyi değil, onun birlikte olduklarını da düşünmek gerek." Clare sinirli sinirli güldü. Sanki gözyaşlarını bastırmaya çalışıyormuş gibi gözlerini kırpıştırdı. "Bu yüzden..."

Sebastian durmuş, ona bakıyordu.

Çocukken kendisini kovalayan kocaman gözlüklü kızı hatırlamıştı. O yılların hatırına, şimdi karşısında duran genç kadın için üzülüyordu.

Lanet olsun.

BEŞİNCİ BÖLÜM

"Biz sevişmedik."

"Efendim?" Clare ağlamamak için kendisi sıktıkça gözleri batıyordu. Çok sıkılmış ve utanmış ama insanların önünde, hele Sebastian'ın yanında ağlayamazdı. "Ne dedin?"

"Sevişmedik. Sen çok sarhoştun."

Clare kulaklarına inanamayarak uzun uzun Sebastian'a baktı. "Sevişmedik mi? Ama sen seviştiğimizi söylemiştin?"

"Bunu ilk ben söylemedim. Sen çıplak uyandın ve seviştiğimizi iddia ettin. Ben de aksini söylemedim."

"Nasıl yani?" Madem sevişmemişlerdi Clare boşuna mı sıkıntı çekiyordu? "Aksini söylememekten fazlasını yaptın. Çok ses çıkardığımızı ve neredeyse otel güvenliğinin kapıya dayanacağını söyledin."

"Evet, biraz uydurmuş olabilirim."

"Biraz mı?" Clare'in biraz önce yaşlarla dolu olan gözleri şimdi öfke saçmaya başlamıştı. "Doymak bilmediğimi söyledin!"

"Bunu hak etmiştin! Ben hiçbir zaman sarhoş bir kadından faydalanmadım. Kadın yanımda çırılçıplak yatsa ve bütün gece beni tahrik etmeye çalışsa bile!"

"Tahrik mi?" Bunu yapmış mıydı gerçekten? Bilmiyordu. Nasıl bilebilirdi ki? Sebastian belki de bu konuda da yalan söylüyordu. Seviştikleri konusunda yalan söylemişti. Derin bir soluk aldı ve kendi kendine bağırmaması gerektiğini hatırlattı. Kibar ol, diye mırıldandı. O iyi bir kız olarak yetiştirilmişti. "Sana inanmıyorum."

"Bütün gece benim üzerimdeydin."

"Yine uyduruyorsun." Sebastian çocukluklarında yaptığı gibi onu kızdırmaya çalışıyordu ama bu kez çocukluk edip tuzağa düşmeyecekti. "Senin saçma sapan fantezilerine inanmak zorunda değilim."

"Sen çılgınca sevişmek istedin. Ama ben körkütük sarhoş olan bir kadından faydalanmanın doğru olmayacağını düşündüm."

Clare başını dikleştirdi. "Ben ayyaş değilim."

Sebastian omuz silkti. "Çok sarhoştun. Bu yüzden ben de sana yalvardığın şeyi vermedim."

Clare'in omuzları yine çökmüştü. "Yalancının tekisin sen," dedi. Daha fazla olgun davranmaya niyeti yoktu; öfkesini kusmak onu çok rahatlatacaktı. Sebastian bunu hak etmişti.

"Bütün gün gece kalçalarını vücuduma bastırdın."

"Yeter. Sana neden inanayım? Yalan söylediğini itiraf ettin. Biz sevişmedik..." Clare durup soluk aldı. "Tanrı'ya şükür."Omuzlarından ağır bir yük kalkmıştı sanki. "Tanrı'ya şükür seninle sevişmemişim."

Başını salladı ve deliler gibi gülmeye başladı. "Bunun ne kadar büyük bir rahatlama olduğunu bilemezsin. Seninle bağıra çağıra, çılgınlar gibi sevişmemişim." Elini alnına götürdü. Cehennem azabı gibi geçen bir haftadan sonra nihayet iyi bir haber duymuştu. "Oh be!"

Sebastian kollarını göğsünde kavuşturmuş, onu izliyordu. Sarı saçlarının bir tutamı alnına düşmüştü. "Ortalıkta öyle kibirli dolaşıyorsun ki hayatında bir kez olsun bağıra çağıra, çılgınlar gibi seviştiğinden şüpheliyim."

Haklıydı, bunu hiç yapmamıştı. "Sebastian, ben hayatımı aşk romanları yazarak kazanıyorum." Elini cebine götürdü.

"Ee?"

Clare anahtarlarını çıkardı. Sebastian'ın onun hakkında yanılmadığını anlamasına izin vermeyecekti. "Kitaplarımda anlattığım çılgınca sevişmeler konusunda nereden ilham aldığımı sanıyorsun?" Bu, aşk romanları yazarlarına en sık sorulan soruydu. Çok da saçmaydı. "Her şeyi en ince ayrıntısına kadar araştırmak gerekiyor. Sen gazetecisin. Araştırmanın ne olduğunu bilirsin."

Sebastian cevap vermedi, gülümsemekle yetindi.

Clare arabanın kapısını açınca, Sebastian geri çekilmek zorunda kaldı. "Bütün yazdıklarımı uydurduğumu düşünmüyorsun değil mi?" Clare gülümseyerek arabasına bindi. Motoru çalıştırıp kapıyı kapattı. Uzaklaşırken dikiz aynasından baktı. Sebastian tam bıraktığı yerde, afallamış bir halde duruyordu.

Sebastian hiç aşk romanı okumamıştı. Bunların saçma sapan ve gereksiz olduğunu düşünürdü. Ellerini kot pantolonunun ceplerine soktu ve Clare'in arabasının arkasından baktı. Yazdığı kitaplarda sekse ne kadar yer veriyordu acaba? Ve ne kadar ateşli yazıyordu?

Evin kapısının kapandığını duyunca, kendisine doğru yürümekte olan babasına baktı. Bayan Wingate bu yüzden mi Clare'in hayatını yazarak kazandığını söylemekten hoşlanmıyordu? Clare porno mu yazıyordu ve daha önemlisi bunun için gerçekten araştırma yapıyor muydu?

"Clare'in gittiğini gördüm," dedi babası. "Ne kadar tatlı ve hoş bir kız."

Sebastian babasına baktı ve onun aynı Clare'den söz edip etmediğini merak etti. Kendisine hakaretler eden ve suçlamalarda bulunan aksi kadını mı kastediyordu?

"Joyce'un sana emrivaki yaptığının farkındayım." Leo, Sebastian'ın karşısında durup şapkasını taktı. "Hafta sonuna kadar burada kalmayı planlamadığını biliyorum. Kalmak zorunda değilsin. Yapman gereken önemli işler var."

Yapmaya hiç hevesli olmadığı işler. "Hafta sonuna kadar kalabilirim, baba."

"Peki." Leo başını salladı. "Sevindim öyleyse."

"Bugün ne yapmayı planlıyorsun?" diye sordu Sebastian.

"Üzerimi değiştirdikten sonra Lincoln bayiine gideyim diyordum."

"Yeni bir arabamı alacaksın?"

"Evet, benim Lincoln ellilik oldu."

"Senin elli yaşında bir Lincoln'ün mü var?"

"Hayır." Leo başını salladı. "Hayır. Elli bin mil yaptı. Ben de elli binde arabamı değiştiririm."

Öyle mi? Sebastian'ın arabası yetmiş bini bulmuştu ama değiştirmeye gerek görmemişti. Pek materyalist değildi. Saatler dışında. Güzel kol saatlerine bayılıyordu. Kendini "Sana eşlik etmemi ister misin?" diye sorarken buldu. Belki de evden uzakta birlikte zaman geçirmek ikisine de iyi gelirdi. Belki arabalar sayesinde baba-oğul ilişkileri gelişirdi.

"Elbette," diye karşılık verdi Leo. "Eğer vaktin varsa. Cep telefonunun çaldığını duymuştum, meşgul olabileceğini düşündüm."

Gelen telefon, Sebastian'ın birkaç ay önce yayın yönetmeniyle tartıştığı haber dergisiyle ilgiliydi. Ama şimdi Hindistan'a gidip ateşli hastalık salgınıyla ilgilenmek istediğinden emin değildi. Uygulanan geleneksel tedaviler işe yaramıyordu ve ölü sayısının dünya çapında 200.000'i bulması bekleniyordu.

Sebastian bundan söz ettiğinde, yayın yönetmeni haberi önemli ve heyecan verici bulmuştu. Hâlâ da öyleydi ancak Sebastian gidip insanların umutsuz yüzlerini görmek, yaşadıkları sıkıntıya tanık olmak istemiyordu.

"Birkaç saat yapacak bir işim yok," dedi. Mesleğine dair içinde yanan ateşin yavaş yavaş soğuduğunu hissediyordu ve bu onu çok korkutuyordu. Gazetecilik yapmazsa, olayların ve hikâyelerin peşinden koşmazsa, ne yapardı? Kim olurdu? "Lincoln bayiinin dışında nereye bakmak istiyorsun?" diye sordu.

"Hiçbir yere. Ben hep Lincolncü oldum."

Sebastian çocukluğunu düşündü ve babasının kullandığı arabayı hatırladı. "Versailles'ın vardı senin. Krem rengi deri koltukları vardı."

O sırada telefonu çaldı. O konuşurken babası içeri girdi. History Channel'dan bir yapımcı Afganistan tarihi hakkında hazırladıkları bir belgesel için onunla görüşüp görüşemeyeceklerini soruyordu. Sebastian kendini Afganistan konusunda uzman biri olarak görmüyordu. Daha çok bir gözlemciydi. Yine de röportajı kabul etti ve bir sonraki ay görüşmek üzere anlaştılar.

Konuşmanın bitmesinden yarım saat sonra, Sebastian ve babası yola çıkmışlardı. Leo açık mavi bir takım giymiş, üzerinde Tazmanya Canavarı olan bir kravat takmıştı. Kır saçlarını geriye doğru taramıştı.

"Neden takım elbise giydin?" diye sordu Sebastian.

"Satıcılar takım elbise giyip kravat takanlara daha saygılı davranıyorlar."

"Kravatın üzerinde çizgi film kahramanı olsa da mı?"

Leo oğluna şöyle bir bakıp ilgisini yeniden yola yöneltti. "Nesi var kravatımın?"

"Üzerinde çizgi film karakteri var," diye tekrarladı Sebastian.

"Ne olmuş yani? Çok güzel bir kravat bu. Bir sürü adam böyle kravatlar takıyor."

"Takmasalar iyi olur," diye mırıldandı Sebastian. Alışveriş yapmayı sevmiyor olabilirdi ama bu giyim zevkinin olmadığı anlamına gelmiyordu.

Bir süre hiç konuşmadılar. Sebastian camdan dışarıyı seyrediyordu. Her yer ona yabancıydı sanki. "Daha önce bu yoldan gelmiş miydim?" diye sordu.

"Elbette," dedi Leo. "Bak, burası benim okulum." Yolun kenarındaki eski ilkokulu gösterdi. "Clare'le seni sinemaya götürmüştüm, hatırlıyor musun?"

"Ah, evet." Patlamış mısır yiyip portakallı gazoz içmişlerdi. "Süperman II'yi izlemiştik."

Sonunda araba bayiine varmışlardı. Onları polo yaka, üzerinde bayiin ambleminin olduğu bir tişört giyen J. T. Wilson karşıladı.

"Hangi arabayla ilgileniyorsunuz?" diye sordu. "Üç yeni modelimiz var."

"Henüz karar vermedim," diye karşılık verdi Leo. "Bir iki tanesiyle test sürüşü yapmak istiyorum."

"Neden bunu denemiyorsun?" diye sordu Sebastian bir Navigator'un önünde durarak.

"Ben daha küçük bir arabayı tercih ederim," dedi Leo.

Sebastian sesini çıkarmadı. Leo'nun beğendiği arabayla test sürüşüne çıktılar. Kentte dolaşırlarken, Sebastian tamamen yabancısı olduğu bir yerde hissediyordu kendini.

Bayie döndüklerinde Leo, "Bilmiyorum," dedi başını sallayarak. "Biraz indirim yapmanız gerekecek."

"Size en iyi fiyatı verdik."

"Fiyat bana da uygun geldi," dedi pazarlıktan hiç hoşlanmayan Sebastian. Leo dönüp ona şöyle bir baktı. Yarım saat sonra eski arabayla eve dönüyorlardı.

"Neden sen karıştın ki?" diye sordu Leıo. "Onu

istediğim fiyata ikna edecektim. Sen hangi kravatın takılması gerektiğini çok iyi biliyor olabilirsin, ama araba alışverişinden hiç anlamadığın belli. Arık orada hiç pazarlık yapamam."

Baba-oğul ilişkileri nasıl da gelişmişti.

O gece yemekten sonra, Leo bahçede çalıştı ve on haberlerini dinledikten sonra yattı. Sebastian ondan işine burnunu sokup pazarlığını mahvettiği için özür diledi. Leo gülümsedi ve oğlunun omzunu okşadı.

"Ben de sinirlendiğim için özür dilerim. Sanırım birbirimizin tavırlarına henüz alışamadık. Bu biraz zaman alacak."

Sebastian gerçekten birbirlerinin tavırlarına alışıp alışmayacaklarını merak ediyordu. Bundan kuşkuları vardı. İkisi de ortak bir zemin bulmak için çaba sarf ediyorlardı ama bu zor olacağa benziyordu.

Mutfakta tek başına kalınca buzdolabına gidip bir bira aldı. Kendisini bekleyen işleri düşündü. Annesinin Tacoma'daki evinin eşyalarını toplaması gerekiyordu. Annesi yirmi yıl o evde yaşamıştı, şimdi satmak çok zor olacaktı.

Sebastian on yaşına gelene kadar annesi üç kez evlenip boşanmıştı. Her defasından bundan sonra çok mutlu olacağını ummuştu. Bu kez evliliğinin ömür boyu sürmesini dilemişti. Ama her kocasıyla en fazla bir yıl birlikte yaşayabilmişti. Sevgilileriyle ilişkileri de uzun sürmüyordu. Her ayrılıktan sonra Sebastian'ı yatağına yatırıyor, kendi de hıçkıra hıçkıra ağlıyordu. Onun gözyaşları Sebastian'ı da ağlatıyor, kendini çaresiz hissetmesine ve korkmasına neden oluyordu.

Anne oğul altı kez taşınmışlardı. Sebastian'ın annesi güzellik danışmanıydı, yani saç kesiyor ve şekillendiriyordu. Bu da gittiği her yerde kolayca iş bulmasını sağlıyordu. Hep yeni bir umutla işe başlıyordu. Sebastian da sürekli yeni bir çevre ve yeni arkadaşlar edinmek zorunda kalıyordu.

On altı yaşına girdiği yaz, Kuzey Tacoma'daki küçük eve taşınmışlardı. Annesi ya yaşlanmış ya da taşınmaktan yorulmuş olduğundan, o evde kalıcı olmaya karar vermişti. Erkeklerden de sıkılmıştı. Zamanını erkeklerle ilişkileri yerine evine harcıyor, bu evi güzelleştirmeye çalışıyordu artık. Evin bir bölümünü en iyi arkadaşı Myrna'yla birlikte kuaföre çevirmişlerdi. Evin içi artık aklakim, peroksit ve alkol kokuyordu. Pazar günleri hariç. Pazar günleri dükkân kapalı oluyordu. Annesi de Sebastian'a en sevdiği kreplerin de olduğu harika bir kahvaltı hazırlıyordu.

O yıl Sebastian yakındaki bir restoranda bulaşıkçı olarak çalışmaya başlamıştı. Kısa bir süre sonra da gece idareciliğine terfi etmişti. Kendine eski bir araba satın almıştı. Bu iş ona çok çalışmayı ve istediklerini elde etmeyi öğretmişti. İlk kız arkadaşı da o yıl olmuştu. Monica Diaz ondan iki yaş büyüktü. Sebastian ondan iyi seks, şahane seks ve çıldırtan seks arasındaki farkları öğrenmişti.

Sebastian birasını alıp mutfaktan çıktı. Okulun son yıllarında gazeteciliğe merak salmıştı. Okul gazetesine müzik konusunda yazılar yazmıştı. Sonra gazetenin editörü olmuş ama hikâyeleri düzenleyip başkalarının yazdığı yazıları düzeltmenin keyifli olmadığını görmüştü. O işin muhabirlik tarafını daha çok seviyordu.

Bira bardağını dudaklarına götürdü ve uzaktan

kumandayı aldı. Kanallar arasında dolaşmaya başladı. Birden göğsü sıkıştı ve kumandayı masanın üzerine fırlattı. Annesinin hayatını karton kutulara nasıl koyacaktı?

Bunu düşündükçe midesine kramplar giriyordu.

Şöminenin yanındaki rafa gidip orada duran albümü aldı. Ayaklarının dibine gazete kupürleri düştü. Albümün ilk sayfasında Leo'nun bir fotoğrafı vardı. Babası kucağında altı bezli bir bebek tutuyordu. Fotoğraf solmuş ve buruşmuştu; Sebastian bunu annesinin çekmiş olduğunu tahmin etti. O zamanlar altı aylık filan olmalıydı.

Annesiyle babası boşanan bütün çocuklar gibi, Sebastian da annesine neden artık hep birlikte yaşamadıklarını sorduğunu hatırlıyordu.

"Çünkü baban tembel," demişti annesi. Sebastian o zamanlar tembelliğin artık birlikte yaşamamakla ne ilgisinin olduğunu anlayamamıştı. Leo'nun aslında tembel olmadığını, sadece hırslardan yoksun olduğunu ve birbirinden çok farklı iki insanın beklenmedik hamilelik yüzünden bir araya geldiğini çok sonra anlayacaktı. Normalde birbiriyle tokalaşmayacak iki insan bebek yapmıştı.

Albümün sayfalarını çevirmeye devam etti. Birden kendi makalelerini görerek çok şaşırdı. Babasının onun kariyerini bu kadar yakından takip ettiğini bilmiyordu.

Albümü yerine koyarken kitapların arasında Alicia Grey adı çarptı gözüne. Kitaplardan birini aldı. Üzerinde seksi bir kadınla üstü çıplak bir erkek resmi vardı. Kapağı çevirdiğinde Clare'in gülümseyerek baktığı siyah beyaz fotoğrafıyla karşılaştı.

"Bu gece ne çok sürprizle karşılaştım," diye düşündü, Clare'in biyografisini okurken.

Clare'in eğitim hayatından sonra elde ettiği başarılardan ve aldığı ödüllerden söz edilmişti. Biyografi, "Alicia bahçe işleriyle uğraşmayı seviyor ve kendisinin ayaklarını yerden kesecek kahramanını bekliyor," diye bitiyordu.

"Tanrı onun sevgilisi olacak adama yardımcı olsun," dedi Sebastian kendi kendine. Babası onun hakkında ne kadar olumlu şeyler söylerse söylesin, Clare masallardaki cadılardan farksızdı.

Babasının koltuğuna oturup okumaya başladı.

"Neden geldiniz bayım?"

"Neden geldiğimi biliyorsun, Julia. Öp beni," dedi korsan. "Öp beni" Bırak da bal dudaklarını tadayım."

"Tanrım," dedi Sebastian ve bir sayfa daha çevirdi. Bu saçmalıkları okursa daha kolay uyuyabilirdi belki.

ALTINCI BÖLÜM

Clare elini kaldırıp kırmızı kapıya vurdu. Güneş gözlüğünün koyu renkli camlarının ardından altın saatine baktı. İkiyi biraz geçiyordu. Yakıcı güneş çıplak omuzlarına vuruyordu. Hava sıcaklığı giderek artıyordu.

Sabah kalkmış, beş sayfa kadar yazmış, sonra yürüyüşe çıkmış, ardından da odasına dönüp Leo'nun partisinin konuk listesini hazırlamıştı. Son günlerde hep parti hazırlıklarıyla uğraşmış, kendi hayatını düşünecek fırsatı olmamıştı. Annesine bir şey söylemese de bundan çok memnundu. Leo'ya isimlerin üzerinden geçtikten sonra, kuru temizlemeciden giysisini ve parti süslerini almaya gitmesi gerekiyordu. Ardından da yemek pişirip bulaşık yıkayacaktı, bu işlerin onu altı ya da yediye kadar oyalayacağını tahmin ediyordu. Belki sonra biraz daha yazardı. Ne zaman Lonny'yi düşünse, kalbinden küçük bir parçanın kopup gittiğini hissediyordu. Belki kendini birkaç ay sürekli meşgul ederse kırılan kalbi iyileşirdi ve acısından biraz olsun kurtulurdu.

Hâlâ bir beklenti içindeydi. Birden bir şey olacak

ve onun neden Lonny'yi neden seçtiğini, bu ilişkinin gerçek yüzünü neden göremediğini anlamasını sağlayacaktı.

Clare omzundaki çantayı düzeltti. Böyle bir şey henüz olmamıştı.

Kapı açıldı. Güneş ışığı birden bütün gücüyle içeri doluverdi. "Lanet olsun," dedi Sebastian, kolunu gözlerine siper ederek.

"Selam."

Sebastian, çıplak kolunun altından Clare'e sanki onu tanıyamamış gibi baktı. Üzerinde önceki gün giydiği kot ve tişört vardı. Saçları dağınıktı. "Clare?" dedi sonunda. Sesi yataktan yeni kalkmış gibi uykuluydu.

"Bildin. Uyandırdım mı seni?"

"Biraz önce kalktım."

"Gece geç mi yattın?"

"Evet." Sebastian yüzünü ovuşturdu. "Saat kaç?"

"İkiyi çeyrek geçiyor. Kıyafetlerinle mi uyudun?"

"İlk kez olmuyor bu."

"Yine dışarıda hovardalık mı yaptın?"

"Hovardalık mı? Bütün gece kitap okudum."

Clare bir an resimli romanların kitap sayılmayacağını söylemeye yeltendi ama o gün kibar davranmaya karar vermişti. Önceki gün Sebastian'a haddini bildirmişti nasıl olsa. "Güzel bir kitaptı herhalde."

"Çok ilginçti." Sebastian bıyık altından gülümsedi.

Clare ona ne tür bir kitap okuduğunu sormadı. Umurunda değildi. "Baban evde mi?"

"Bilmiyorum." Sebastian kenara çekilerek Clare'e içeri girmesini işaret etti. Hâlâ uyku kokuyordu. Ne kadar iriydi. Ya da belki, kendisinden birkaç santim uzun olan Lonny'yi görmeye alışan Clare'e öyle geliyordu.

"Leo annemin evinde yoktu," dedi Clare. Gözlüklerini başının üzerine itti ve Sebastian'ın kapıyı kapatmasını izledi. Sebastian onun kırmızı sandaletlerine ve üzerinde kırmızı çiçek desenleri olan elbisesine baktı. Gözleri ağzına kenetlenip kaldı. Başını hafifçe yana eğdi; sanki bir şey düşünüyor gibiydi.

"Ne?" diye sordu Clare.

"Hiç." Sebastian, onun önüne geçip mutfağa doğru yürüdü. Ayakları çıplaktı. "Kahve suyu ısıtmıştım. Sen de ister misin?"

"Hayır. Ben artık diyet kola içiyorum." Clare, geniş omuzlarına ve tişörtünün ortaya çıkardığı pazularına bakarak onun peşinden gitti. Hiç şüphe yoktu. Sebastian tam bir erkekti. Lonny asla pijamalarını giymeden uyumazdı. Sebastian ise günlük kıyafetleriyle bile uyuyabiliyordu.

"Babam diyet kola içmiyor."

"Biliyorum. O RC kola seviyor. Ben de RC'den nefret ediyorum."

Sebastian, Clare'e şöyle bir baktı ve üzerinde defterlerin, bloknotların, kartların olduğu tahta masanın etrafından dolaştı. Dizüstü bilgisayarın yanında cep telefonu, küçük bir kayıt cihazı ve kasetler vardı. "Tanıdığım, hâlâ RC kola içen tek kişi o," dedi. Raftan fincan alırken, tişörtü yukarı sıyrıldı ve pantolonunun düşük beli ortaya çıktı. İç çamaşırının lastiği, yanık teninin üzerinde bembeyaz görünüyordu.

Clare yine otel odasındaki sabahı hatırladı. O sabah Sebastian'ın üzerinde iç çamaşırı yoktu. "Çok sadık bir tüketici," dedi. Olanları hatırladıkça yerin dibine geçmek istiyordu. Onunla sevişmemişti. Bu içi rahatlatıyordu ama öte yandan da ne yaptıklarını merak ediyordu. Nasıl olmuştu da çırılçıplak kalmıştı? Sebastian'ın doğru dürüst cevap vereceğini bilse, ona her şeyi sorardı.

"İnatçı demek daha doğru," diye düzeltti Sebastian. "Alışkanlıklarından vazgeçmiyor."

Ama Clare onun gerçekleri söyleyeceğine inanmıyordu. Sebastian'a güvenilmezdi. "Bu da onun karizmasının bir parçası."

Sebastian fincanına kahve doldurdu. "İstemediğinden emin misin?"

"Evet." Clare gözlerini Sebastian'ın buruşuk tişörtünde ve kotunun uzun bacaklarında gezdirdi. Onu elinde olmadan sürekli Lonny ile karşılaştırıyordu ama bu normaldi herhalde. İkisinin de erkek olmasının dışında hiçbir ortak özellikleri yoktu. Sebastian daha uzun boylu, iri yapılıydı ve testosteron düzeyi yüksekti. Lonny kısa boyluydu, zayıftı ve sürekli duygularıyla hareket ediyordu. Hiçbir sert tarafı yoktu. Belki de mesele de buydu zaten.

Sebastian fincanını masaya bıraktı. Clare de kayıt cihazını işaret etti. "Makale mi yazıyorsun?" diye sordu.

Sebastian cevap vermedi. Fincanını dudaklarına götürdü ve kahvesine üflerken Clare'e baktı. "Pek yazıyorum sayılmaz. Giriş paragrafını çözmeye çalışıyorum hâlâ."

"İlham mı gelmiyor?"

"Onun gibi bir şey."

"Ben yeni bir kitabı yanlış bir yerde ya da yanlış bir açıdan bakarak yazdığımda, takılıp kalırım. Ben zorladıkça ilham perisi uzaklaşır sanki."

Clare, genç adamın onun aşk romanlarıyla ilgili küçümseyici bir şey söylemesini bekledi. Masanın kenarını sımsıkı kavrayarak onun kendisinin yazdığı kitapların önemli olmadığını, sadece canı sıkılan ev kadınlarını eğlendirdiğini söylediğini duymaya hazırlandı.

Ama Sebastian bunu yapmadı. "Ben genellikle ilham perisini beklemem," dedi. "Daha önce hiç bu kadar uzun süre takıldığım olmamıştı."

Clare onun devam etmesini bekledi. Onun acımasız eleştirilerini duyacağından emindi. O kadar uzun zamandır bu konuda kendini ve okuyucularını savunmak zorunda kalıyordu ki her türlü eleştiriyle baş edebilecek durumdaydı. Ama Sebastian hiçbir şey söylemiyordu. Clare başını yana eğerek ona baktı.

Bu kez sorma sırası Sebastian'daydı. "Ne?"

"Aşk romanları yazdığımı dün söylemiştim sanırım," dedi Clare.

Sebastian tek kaşını kaldırdı. "Evet, söylemiştin. Hatta bunları kendi seksüel araştırmalarına dayanarak yazdığını da söylemiştin."

Bu doğruydu. Sebastian onu öylesine çıldırtmış ki, Clare öfkesinden sonradan pişmanlık duyacağı şeyler söylemişti. "Peki, yaptığım işi küçümsemeyecek misin?"

Sebastian başını salladı.

"Alaycı sorular sormayacak mısın?"

Sebastian gülümsedi. "Sadece bir tane."

Clare elini trafik polisi kaldırdı. "Hayır. Ben nemfomanyak değilim."

Sebastian gülmeye başladı. Gülerken yeşil gözlerinin içi gülüyordu. "Sorum bu değildi ama yine de bu noktayı aydınlattığın için teşekkürler." Kollarını buruşuk tişörtünün önünde kavuşturdu. "Esas sorum şu: Bütün bu araştırmaları nerede yapıyorsun?"

Clare başını yana eğdi. Bu soruyu cevaplamanın iki yolu olduğunu düşündü. Alınabilir ve Sebastian'a artık büyümesi gerektiğini söyleyebilir ya da gevşeyebilirdi. Sebastian bugün kibar rolünü oynuyordu ama yine de Sebastian'dı işte. Ona seviştiklerine dair yalan söyleyen adamdı.

"Bana söylemekten korkuyor musun?"

Clare Sebastian'dan korkmuyordu. "Evimde özel bir odam var," diye yalan söyledi.

"Odada ne var peki?"

Genç adam çok ciddi görünüyordu. Ona inanıyormuş gibiydi. "Üzgünüm, bu tür özel bir ilgileri bir gazeteciye veremem."

"Kimseye söylemeyeceğime yemin ederim."

"Üzgünüm."

"Hadi. Kimse bana böyle iç gıcıklayıcı şeyler söylemeyeli uzun zaman oldu."

"Söylemeyeli mi yapmayalı mı?"

"Gizli seks odanda neler var, Clare?" diye ısrar etti Sebastian. "Kırbaçlar, zincirler, jartiyerler, kelepçeler, askılar filan mı?"

"Bakıyorum bu konuda çok şey biliyorsun."

"Ben de bir erkeğim," dedi Sebastian.

"Öyle kırbaçlar filan yok," diye karşılık verdi Clare. "Kibar biriyim ben."

Sebastian sanki o çok komik bir şey söylemiş gibi güldü. "Kibar mı? Ne zamandan beri?"

Evet, Sebastian'a karşı pek kibar davranmamış olabilirdi ama o da kendisini kışkırtmaya bayılıyordu. Başını dikleştirip genç adamın gözlerinin içine baktı. "Kibar olmaya çalışıyorum."

"Bebeğim, sanırım bunun için biraz daha çaba göstermelisin."

Clare öfkelendiğini hissetti ama kendine hâkim olacaktı. Gülümsedi ve Sebastian'ın yanağını okşadı. "Seninle kavga etmeyeceğim, Sebastian. Bugün beni kışkırtamayacaksın."

Sebastian başını hafifçe çevirerek yanağını onun eline sürttü. "Emin misin?" diye sordu.

Clare birden yüreğinin çarpmaya başladığını hissetti. Elini indirdi ama bu kez de avucuna genç adamın ağzının sıcaklığını hissetti. Hiçbir şeyden emin değildi. "Evet."

"Ya burayı dişlersem..." Elini kaldırdı ve Clare'in ağzının köşesine dokundu. Parmak uçları genç kadının çenesinden kayıp boynunu okşadı. "Ve burayı." Göğsüne doğru indi. "... burayı..."

Clare nefes alamadığını hissetti. "Canım acır sanırım," demeyi başardı.

"Hiç acımayacak." Sebastian onun gözlerinin içine baktı. "Çok hoşuna gidecek, güven bana."

Sebastian'a güvenmek mi? Bir zamanlar onunla alay eden ve işkence yapan çocuğa mı? Üzerine çamur atıp elbisesini kirleten ve onu ağlatan çocuğa mı? "Sana güvenmemeyi uzun süre önce öğrendim ben."

"Ne zaman oldu bu?"

"Bana nehri göstermek istediğini söyleyip üzerime çamur attığın gün," dedi Clare. Sebastian'ın bunu unuttuğundan emindi.

"O elbise fazla beyazdı."

"Ne?" Bir şey nasıl fazla beyaz olabilirdi?

"Sen her zaman fazla mükemmeldim. Saçların. Giysilerin. Davranışların. Doğal değildi. Sadece yapmaman gerektiğini düşündüğün şeyleri yaparken eğlenceli oluyordun."

"Ben yeterince eğlenceliydim. Hâlâ da öyleyim. Bütün arkadaşlarım böyle düşünüyor."

"Clare, saçlarını o zaman da sımsıkı topluyordun, şimdi de sımsıkı topluyorsun. Ya arkadaşların duygularını incitmemek için sana yalan söylüyorlar ya da onlar da eğlenceden filan anlamıyorlar."

Clare arkadaşları ne kadar eğlendikleri tartışmak niyetinde değildi. Gözlüklerine uzandı; bir tutam saç yanağına döküldü. "Babanı görürsen, ona kendisiyle konuk listesi konusunda konuşmak istediğimi söyler misin?" dedi konuyu değiştirmeye çalışarak.

"Elbette." Sebastian kahvesinden bir yudum aldı. "Sen listeyi bırak istersen. Ben ona gösteririm."

Clare saçlarını arkaya itti. "Bunu yapar mısın?"

"Neden yapmayayım?"

Belki de ona karşı kibar ve yardımsever olmak doğasında olmadığı için. "Teşekkürler."

"Önemli değil."

Clare kaşlarını çattı ve çantasından bir kâğıt çıkardı. "Ona bu kişilerle görüştüğümü ve partiye katılacaklarını öğrendiğimi söyle. Eğer unuttuğum biri varsa bana hemen haber versin." Başını kaldırıp baktı. "Tekrar teşekkürler." Kapıya doğru yürüdü.

Sebastian hiçbir şey söylemeden onun gidişini izledi. Ilık kahve boğazından aşağı doğru akarken genç kadının çıplak omuzlarına ve sırtına değen parlak saçlarına baktı.

Ne kadar düzgündü. Ne kadar derli toplu. Biri onu biraz dağıtsa, kendisine iyilik etmiş olurdu. Giysilerini buruştursa, rujunu bulaştırsa... Masaya döndü. Bunu yapan o olmayacaktı. Ne kadar cazip olursa olsun. Clare, onun zevklerine göre fazla düzgündü. Ama Clare kendini dağıtsa bile, babasını ve hele Joyce'u düşündüğünde, bunu yapamazdı.

İskemleye bir tekme atıp bilgisayarının başına oturdu. Clare'i bu kadar çekici bulmasının nedeni onu çıplak görmesi miydi yoksa bir süredir kimseyle sevişmemiş olması mı? Belki de lanet olası kitabı yüzündendi. Aslında kitabın tamamını okumak gibi bir niyeti yoktu ama kendini kaptırıvermişti işte. Başarıyla yazılmış her bir sayfayı okumuştu.

Sebastian, işiyle ilgili bir şeyler okumak zorunda

olmadığı ender zamanlarda Stephen King okumayı tercih ediyordu. Çocukken korku ve bilimkurguya bayılırdı. Yetişkinliğinde de hiç aşk romanı okumamıştı. Birinci Bölüm'den itibaren, Clare'in yazdıklarının akıcılığı ve derinliği onu çok etkilemişti. Evet, bazı yerlerde duygusal bölümleri abartmıştı ama erotik sahneler çok başarılıydı. Üstelik bazı yazarlarınki gibi bayağı bir erotizm değildi bu.

Önceki gece uykuya daldığında rüyasında Clare'i görmüştü. Yine. Ancak bu kez üzerinde beyaz iç çamaşırları vardı. Yazdıkları sayesinde, onu en ince ayrıntısına kadar hayal edebilmişti.

Sonra bugün kapıyı açıp da karşısında onu görünce, neye uğradığını şaşırmıştı. Üstelik üzerinde, çiçek desenleri olsa da, beyaz bir elbise vardı. Bu Sebastian'a mutfak masasında Leydi Julia'nın göğüslerindeki kremayı yalayan korsanı hatırlatmıştı.

Tişörtünü çıkarıp göğsüne sildi. Biriyle sevişmesi gerekiyordu. Sorunu buydu. Ama Boise'te bu sorununu çözebilecek kimseyi tanımıyordu. Artık tek gecelik ilişkiler yaşamıyordu. Tamamen yabancı biriyle sevişmenin cazibesini bütünüyle yitirdiğini söyleyemezdi; ama bir gece barda tanışıp birlikte olduğu kadın ertesi sabah cep telefonu numarasını vermediği için olay çıkarınca, bundan vazgeçmişti.

Masasının üzerinde duran notları karıştırdı, eline kalemi alıp bir şeyler karaladı. Sonunda parmaklarını klavyenin üzerine koyup yazmaya hazırlandı.

Bana adının Smith olduğu söylendi ama Johnson ya da Williams veya herhangi bir Amerikan ismi de olabilir. Sarı-

şın, sanki bugün başkanın huzuruna çıkacakmış gibi takım elbise giyiyor ve kravat takıyor. Ancak kahramanları Roosevelt, Kennedy ya da Reagan değil. Büyük adamlar söz konusu olduğunda, teröristlerden bahsediyor. Gazetelerin ön sayfalarını işgal eden ve Amerikalıların bilinçaltına yer eden teröristlerden...

Birden kelimeler parmaklarının ucundan dökülmeye başlamıştı. Sadece kendine kahve almak için ara verdi. Bitirdiğinde, göğsünün üzerinden bir fil geçmiş gibiydi. Arkasına yaslandı ve rahatlamış bir halde derin bir soluk aldı. Bunu kabul etmekten nefret etse de, Clare haklıydı. Kendini zorladıkça, yazamamış, hep yanlış yerden başlamıştı. Çok gergindi. Clare şimdi yanında olsa dudaklarına bir öpücük konduruverirdi. Ama burada ya da başka yerde onu öpmesi söz konusu değildi.

Sebastian iskemleden kalkıp gerindi. Clare'e araştırmaları hakkında soru sorduğunda, aslında onunla hafiften dalga geçmeyi düşünüyordu. Çocukluklarında yaptığı gibi onu kızdıracaktı. Ama artık otuz beş yaşındaydı. Dünyayı dolaşmış ve bir sürü kadınla beraber olmuştu. Çiçekli elbise giymiş, aşk romanları yazarı bir kadınla çocuk gibi şakalaşacak yaşı geçmişti.

Clare onu ne kadar tahrik ederse etsin, bir ilişki yaşamaları mümkün değildi. O Boise'e babasıyla olan ilişkisini yoluna koymak için gelmişti. Clare'le yatarak bunun önüne engel koyamazdı. Joyce'un Sebastian'ın işvereni olmaması önemli değildi. O babasının patronuydu; Clare de patronun kızı oluyordu bu durumda. Yıllar önce seks konusunda konuştular diye neler yaşanmıştı. Şimdi de bir de seks yaparlarsa ne olurdu kim bilir. Bunu düşünmekten nefret ediyordu. Ama Clare patronun kızı olmasa bile, Sebastian onun tek eşli bir kadın olduğunu tahmin ediyordu. Buna karşın kendisi tek eşli bir adam değildi.

Son birkaç yıldır hayatı biraz yavaşlamıştı ama, yirmili yaşlarını o kasaba senin bu kasaba benim dolaşarak geçirmişti. Bu arada işinde iyice pişmiş, isim yapmıştı. Kadınlarla ilişki kurmak konusunda da hiç zorlanmamıştı. Artık otuz beş yaşında olmasına ve daha seçici davranmasına karşın yine zorlanmıyordu.

Belki bir gün evlenecekti. Kendini hazır hissettiğinde. Bir eşe ve çocuklara sahip olma fikri ona uzak geliyordu. Belki de bir aile ortamında büyümediği içindi bu. İki üvey babası olmuştu. Birini sevmiş, birinden hiç hoşlanmamıştı. Annesinin sevgililerinden bazılarına kanı ısınmıştı ama hepsinin bir gün annesini terk edeceğini ve onun da kendini odaya kapatıp ağlayacağını biliyordu.

Annesiyle babasının onu sevdiğinden her zaman emin olmuştu. Onlar birbirleriyle anlaşamıyorlardı sadece. Annesi babasına yönelik nefretini sürekli dile getiriyordu ama doğruyu söylemek gerekirse babası annesi hakkında tek kelime etmiyordu.

Kendisi hiçbir kadınla böyle bir ilişki yaşamak ve böyle bir ortamda çocuk büyütmek istemiyordu.

Sebastian eğildi ve tişörtünü yerden aldı. Hayır, onun hiçbir zaman bir evliliği ve ailesi olmayacaktı. Bir gün hazır olduğuna karar verebilirdi ama o gün henüz ufukta bile görünmüyordu.

Mutfak kapısı açıldı ve babası içeri girdi. Lavaboya gidip musluğu açtı. "Çalışıyor musun?"

"İşim şimdi bitti."

Leo sabunu alıp ellerini yıkadı. "Yarın izin günüm. Senin de işin yoksa benimle olta almaya gelirsin belki."

"Balığa mı çıkmak istiyorsun?"

"Evet. Eskiden balık tutmayı çok severdin sen."

İhtiyarla balık tutmak. Belki de ikisinin de ihtiyaç duyduğu şey buydu. Ya da belki tam bir felaket yaşarlardı. Tıpkı araba almaya gittikleri gün olduğu gibi. "Seninle balık tutmak çok hoşuma gider, baba."

YEDİNCİ BÖLÜM

Lucy'nin düğününden bir hafta sonra, Perşembe gecesi, Clare elindeki Dom Perignon'un mantarını açtı. "Çok güzeldir," dedi. "Annemden çaldım."

Adele bir kadeh aldı. "En iyi şampanya çalınmış şampanyadır."

"Hangi yıl?" diye sordu Maddie.

"Bin dokuz yüz doksan. Annem bunu benim düğünüm için saklıyordu. Erkeklerden vazgeçtim diye şampanyayı heba edecek halimiz yok değil mi?" Maddie ve Adele ile kadeh tokuşturdu. "Bana." Bir saat önce HIV testi yaptırmıştı ve sonuç negatif çıkmıştı. Böylece omuzlarından bir yük daha kalkmıştı. İyi haberi aldığında arkadaşları da yanındaydı. "Bugünleri gördüm ya, şükürler olsun," dedi Clare ve içkisinden bir yudum aldı. Kutlamanın tek üzücü tarafı, Lucy'nin yanlarında olmamasıydı. Ama arkadaşlarının Bahamalar'da şahane bir balayında olduğunu bildikleri için onun adına seviniyorlardı. "İkinizin de çok meşgul olduğunuzu biliyorum. Bu yüzden yanımda olmanız benim için çok önemli."

"Bize teşekkür etme." Adele kolunu arkadaşının omzuna doladı. "Biz dostuz."

"Her zaman birbirimiz için vaktimiz var." Maddie içini çekti. "Düşük kalorili olmayan bir şey içmeyeli uzun zaman oldu. Bu harika geldi."

"Hâlâ Atkins diyeti mi yapıyorsun?" diye sordu Clare. Çünkü hatırlayabildiği kadarıyla Maddie sürekli farklı diyetler deniyordu. Otuz altı bedende kalmak onun için bir takıntıydı. Elbette yazar oldukları için sürekli oturduklarından kilo alıyorlar ve sonra da bu kiloları vermek için mücadele ediyorlardı. Ama bu konuda en hırslı olan Maddie idi.

"Şu anda South Beach yapıyorum," dedi.

"Bence yine spor salonuna gitmeyi denemelisin," diye önerdi Adele. Kendisi, günün birinde annesi gibi kocaman kalçalara sahip olmak istemediğinden her gün düzenli olarak koşuyordu.

"Hayır. Şimdiye kadar dört spor salonuna üye oldum ve hepsini birkaç ay sonra bıraktım." Maddie başını salladı. "Ben terlemekten nefret ediyorum."

Adele kadehini dudaklarına götürdü. "Ama terlediğinde vücudundaki toksinler dışarı atılıyor. Bu da senin için iyi bir şey."

"Hayır. Senin için iyi bir şey. Benim toksinlerim olduğu yerde kalabilir."

Clare gülerek şişeyi eline aldı. "Maddie haklı. En iyisi bütün kötülüklerin insanın vücudunda gizli kalması." Üçü, nesillerdir Clare'in ailesine ait olan antika mobilyalarla dolu salona geçtiler. Clare şişeyi mermer kahve masasının üzerine bıraktı ve yüksek arkalıklı koltuklardan birine oturdu.

Maddie de onun karşısındaki koltuğa geçti. "Bu antikalara değer biçtirdiniz mi hiç?"

"Hayır," dedi Clare. "Ama ben hepsinin nereden geldiğini ve kaç yıllık olduğunu biliyorum."

"Bu kadar eşyayı nasıl temizliyorsunuz?" diye sordu Adele.

"Zor oluyor."

"Bir kısmından kurtulsanıza."

"Yapamam." Clare başını salladı. "Bende Wingate hastalığı var. Sanırım bu genlerimizden geliyor. Çok köklü bir soyağacımız var; bu eşyalar da nesilden nesile geçmiş." Şampanyasından bir yudum aldı. "Antikalarımızın kötü olduğunu düşünüyorsanız, bir de annemin tavan arasını görün. Müze gibidir."

"Lonny giderken bir şey çaldı mı?" diye sordu Adele. "Köpeğin dışında?"

"Hayır." Lonny'nin antikalara düşkünlüğü ikisinin ortak özelliğiydi. "Beni o kadar kızdırmak istememiştir."

"Ondan haber aldın mı hiç?"

"Pazartesiden beri almadım. Dün kilitleri değiştirttim; yarın da yeni yatağımı getirecekler." Kadehine baktı. Bir hafta önce ne kadar da mutluydu. Şimdi hayatına Lonny'siz devam ediyordu. Yeni kilitler. Yeni bir yatak. Yeni bir yaşam. Sadece nişanlısını değil, en yakın arkadaşını da kaybetmişti. Lonny ona birçok konuda yalan söylemişti ama arkadaşlıklarının yalan olduğunu sanmıyordu.

"Erkekleri hiç anlayamayacağım sanırım," dedi Adele. "Hepsi kafadan kontak."

"Dwayne bu kez ne yaptı?" diye sordu Clare. Adele iki yıl Dwayne Larkin ile flört etmiş ve onun Bay Doğru olabileceğini düşünmüştü. Dwayne'in hoş olmayan alışkanlıklarını görmezden geliyordu. Örneğin Dwayne giymeden önce tişörtlerinin koltukaltlarını kokluyordu. Çünkü kendini çok yakışıklı ve dayanılmaz hissediyordu. Hareketleri abartılıydı. Sonunda Adele onu hayatından çıkarmaya karar vermişti. Ama Dwayne tamamen gitmiyordu. Birkaç haftada bir, Adele onun evinde bıraktığı eşyaların bazılarını ön verandada buluyordu.

"Şimdi de yarısı dolu bir losyon şişesiyle bir terlik teki bırakmış."

"Piç kurusu."

"İnsanı ürkütüyor."

"Ben korkmaktan çok kızıyorum," diyerek omuz silkti Adele. "Dilerim bir gün yorulup vazgeçer." Bu yüzden polisi aramıştı ama eski bir sevgilinin kız arkadaşının eşyalarını getirip evine bırakması yasalara aykırı değildi. "Onda hâlâ eşyam kalmış olmalı."

"Onun hakkından gelecek iri kıyım bir sevgiliye ihtiyacın var senin," dedi Clare. "Hâlâ bir sevgilim olsaydı, onu sana ödünç verirdim."

Maddie kaşlarını çattı. "Alınma ama tatlım, Lonny Dwayne'in hakkından gelebilecek bir tip değildi."

Adele arkasına yaslandı. "Doğru. Dwayne onu paramparça ederdi."

Evet, bu doğru, diye düşündü Clare. "Lucy balayından döndüğünde Quinn'le konuş." Quinn McIntyre dedektifti ve ne yapılması gerektiğini bilirdi.

"O şiddet suçlarıyla ilgileniyor," dedi Adele. Lucy de yakışıklı kocasıyla böyle tanışmıştı zaten. İnternette flört konusunda araştırma yapıyordu; Quinn de o sırada bir kadın seri katili arıyordu. Lucy onun bir numaralı şüphelisiydi ama sonunda Lucy'nin hayatını kurtarmıştı. Clare'e göre bu yaşananlar çok romantikti. Aradaki gerilim sayılmazsa tabii.

"Sizce ortalıkta her kadın için doğru bir erkek var mı?" diye sordu Clare. Eskiden ruh eşlerine ve ilk görüşte aşka inanırdı. Hâlâ inanmak istiyordu ama inanmak ve inanmayı istemek farklı şeylerdi. Adele başını salladı. "Öyle olduğunu düşünmek istiyorum."

"Bence hiçbir erkek doğru kalmıyor."

"Sen ne düşünüyorsun?" diye sordu Clare, Maddie'ye.

"Şey, Dr. Phil." Maddie öne doğru eğildi ve boş kadehini sehpaya bıraktı. "Ben kalpler, çiçekler filan istemiyorum. Romantizm istemiyorum, uzaktan kumandamı paylaşmak istemiyorum. Ben sadece seks istiyorum. Bunu bulmanın pek de zor olmadığını düşünebilirsiniz; ama lanet olsun, zor işte."

"Çünkü standartlarımız var," dedi Adele. "Erkeğin iyi bir işi olsun istiyoruz. Sürünen sanatçılardan olmasın, konuşurken takma dişleri ağzından fırlamasın, ateşli ama havalı olsun..."

"Evli de olmamalı," dedi Maddie.

Clare ekledi. "En önemlisi, gay olmasın." Hala Lonny'nin gay olduğunu nasıl anlayamadığını düşünüyordu. "Lonny'den ayrılmamın en iyi tarafı, kendimi tamamen yazıya vermemem oldu."

Yazmak ona huzur veriyordu. Her gün birkaç saat

hayal ettiği dünyalara yolculuk yapmak onu gerçek hayatın sıkıntılarından uzaklaştırıyordu. Biraz sonra kapı zili çaldı. Clare kadehini bırakıp duvardaki porselen saate baktı, kimseyi beklemiyordu.

"Kim gelmiş olabilir, bilmiyorum," dedi ayağa kalkarken. "Belki de pazarlamacıdır," diye seslendi Adele arkasından. "Bugünlerde bize de sık sık uğruyorlar."

Clare kapıyı açtığında karşısında Sebastian'ı buldu. Onu son kez gördüğünde genç adam uykulu ve dağınık görünüyordu. Bu gece ise saçlarını taramış ve tıraş olmuştu. Üzerinde koyu yeşil bir tişört ile koyu renkli bir kargo pantolon vardı. Clare devlet başkanını görse bu kadar şaşırmazdı.

"Selam Clare. Bir dakikan var mı?"

"Elbette." Son günlerde Clare'in zaman sorunu olmuyordu hiç. Arkadaşlarım burada. Bir şeyler içiyorduk. İstersen sen de katıl."

Sebastian, "Hiç kaçırır mıyım!" diyerek içeri girdi.

Clare kapıyı onun arkasından kapatıp peşinden gitti. Maddie ve Adele onları görünce bakakaldılar, konuşmaları yarım kalmıştı. Clare arkadaşlarının kafasının üzerinde içinde "Vay be!" yazan konuşma balonlarını görebiliyordu. Sebastian'ı tanımasa, o da aynı şeyi düşünürdü. Ama arkadaşları kolay etkilenecek tipler değillerdi. Özellikle Maddie aksi kanıtlanana kadar bütün erkekleri potansiyel saldırgan olarak görüyordu.

"Sebastian, bunlar benim arkadaşlarım," dedi Clare. İki kadın ayağa kalktılar. Clare onlara bir yabancı gibi baktı. Uzun sarı saçları, kimi zaman mavi, kimi zaman yeşil olan sihirli turkuvaz rengi gözleriyle Adele ve uzun kirpikleri, kıvrımlı hatları ve dolgun dudaklarının üzerinde Cindy Crawford beniyle Maddie. Arkadaşları güzel kadınlardı; onların yanında kendini bazen sımsıkı saç örgüleri ve kalın camlı gözlükleri olan küçük bir kız gibi hissediyordu. "Maddie Jones, suç romanları yazıyor, Adele Haris ise bilimkurgu yazarı."

Sebastian iki kadının ellerini sıktı ve gözlerinin içine bakarak gülümsedi. "Hanımlar, sizinle tanıştığıma çok sevindim," dedi. Kibar halleri Clare'i çok şaşırtmıştı.

"Sebastian, Leo Vaughan'ın oğlu," diye devam etti. İki kadın da birkaç kez annesinin evine gelmişler ve Leo ile tanışmışlardı. "Sebastian gazeteci."

Madem onu davet etmişti, misafirperver davranması gerekiyordu. "Şampanya ister misin?"

Sebastian ona döndü. "Hayır, ama varsa bira içerim."

"Elbette."

"Hangi gazetedesin?" diye sordu Maddie kalemini dudaklarına götürürken.

"Aslında serbest çalışıyorum, ancak bu günlerde Newsweek için yazıyorum. Time, Rolling Stone, National Geographic," diye karşılık verdi Sebastian.

Arkadaşları onu etkilenmiş bir halde dinlerken Clare odadan çıktı.

Dolaptan bir şişe bira alıp kapağını açtı. Artık Sebastian'ın söylediklerini duyamıyordu. Bu evde bir yıl bir adamla yaşamıştı ama Sebastian'ın yan odada olduğunu bilmek çok garipti. Eve farklı bir enerji getirmişti. Clare bunun tam olarak ne olduğunu anlayamıyordu.

Salona döndüğünde, Sebastian'ı onun koltuğuna rahatça kurulmuş halde buldu. Gitmeye niyeti yok gibiydi. Clare onu buraya getirenin ne olduğunu merak ediyordu.

Maddie ve Adele ise kanepede oturmuş, Sebastian'ın gazetecilik öykülerini dinliyorlardı.

"Birkaç ay önce sahte Mısır antikaları satan bir galerici ile ilgili ilginç bir yazı yazdım." Başını kaldırıp kendisine bira şişesini uzatan Clare'e baktı. "Teşekkür ederim."

"Bardak ister misin?"

Sebastian şişeye bakıp etiketini okudu. "Hayır, gerek yok."

Clare onun ziyaretinin nedenini açıklamasını beklerken Sebastian Maddie ve Adele'e döndü.

"Kaç kitap yazdınız hanımlar?"

"Beş," diye karşılık verdi Maddie.

Adele'in ise sekiz kitabı vardı. Sebastian iyi bir gazeteci olarak soruları birbiri ardına patlatıyordu. On beş dakika sonra iki kadın da Sebastian'ın çekim alanına girmişti bile.

"Sebastian Afganistan hakkında bir kitap yazdı," dedi Clare kibar davranmaya çalışarak. "Özür dilerimi kitabın adını hatırlamıyorum." Leo'dan ödünç alıp okuyalı yıllar olmuştu.

"Afganistan'da Savaşla Geçen Yirmi Yıl."

"Bu kitabı hatırlıyorum," dedi Adele.

"Ben de diye ekledi Maddie.

Clare arkadaşlarının kitabı hatırlamasına şaşırmamıştı. Haftalarca çok satanlar listesinde kalmıştı çünkü.

Clare parmağını saçına dolamış, hayranlıkla Sebastian'ı izleyen Adele'e baktı.

"Hanımlar, siz bir kutlama mı yapıyordunuz," diye sordu Sebastian.

Adele ve Maddie Clare'e baktılar ama cevap vermediler.

Clare "Hayır," diye yalan söyledi ve içkisinden bir yudum aldı. Doktora gittiğini Sebastian'a söylemek istemiyordu. Genç adam şu anda normal konuşuyor ve görünüyor olabilirdi ama Clare ona güvenmiyordu. Evine de bir şey istediği için gelmişti mutlaka. Arkadaşlarının önünde konuşmak istemediği bir şey. "Biz sık sık bir araya gelip içeriz." Sebastian ona gözlerinni kısarak baktı. İnanmadığı belliydi, ama üstüne de gitmemişti. Maddie kalemini kaldırarak sordu. "Clare'i ne kadar zamandır tanıyorsun?"

Sebastian önce bir an Clare'in gözlerine baktı, sonra karşısındaki kadınlara döndü. "Bir düşüneyim. İlk kez yazı babamla geçirdiğimde beş ya da altı yaşındaydım. Onu ilk gördüğümde üzerinde kısacık bir elbise vardı. Bir de bileklerde biten küçücük renkli çoraplar giymişti. Yıllarca böyle giyindi."

Çocukluğunda Clare sık sık giysileri konusunda annesiyle kavga ederdi. "Annem süslü kıyafetlere bayılırdı. On yaşındayken de bana plili etekler giydiriyordu."

"Hâlâ sık sık elbise ve etek giyiyorsun," dedi Adele.

"Şimdi buna alıştım, fakat çocukken başka seçeneğim yoktu. Giysilerimi annem satın alıyordu ve her zaman mükemmel görünmek zorundaydım. Üstümü başımı kirletmekten çok korkuyordum. Zaten elbiselerim sadece Sebastian ortalıkta olduğunda kirleniyordu."

Sebastian omuz silkti. "Kirlendiğinde daha iyi görünüyordun."

Bu da onun aykırı doğasını gösteriyordu. Hiç kimse kirlendiğinde ya da dağıldığında daha iyi görünmezdi. Belki onun dışında...

"Babamı ziyaret ettiğimde," dedi Clare "istediğimi giymeme izin veriyordu. Elbette her defasında giysilerim Connecticut'ta kalıyordu, bir dahaki sefere gittiğimde de üzerime olmuyorlardı. Bir keresinde çok istediğim için bana bir Madonna tişörtü almıştı."

Maddie kaşlarını çattı. "Seni Madonna tişörtüyle düşünemiyorum."

"Madonna'ya bayılırdım."

Sebastian'a bakıp itiraf etti. "Baban çalışırken gizlice sizin eve girip MTV seyrederdim."

Sebastian güldü. "Çok cesurmuşsun."

"Evet, bana poker oynamayı öğretip bütün paramı aldığın zamanı aldığını hatırlıyor musun?"

"Hatırlıyorum. Ağlamıştın, babam da paranı geri vermemi istemişti."

"Bana parasına oynamadığımızı söylemiştin. Yalan söylemiştin."

"Yalan mı? Ama benim o parayla ilgili büyük planlarım vardı."

"Ne planlarıymış onlar?"

"Daha on yaşındaydım. Porno ve alkolle tanışmamıştım. Gidip kendime çizgi roman ve bir paket sigara alacaktım. Bebek gibi ağlamasaydın bunları sana söyleyecektim."

"Yani benim paramla aldığın dergi ve sigarayı benimle paylaşacak mıydın?"

Sebastian güldü. "Onun gibi bir şey."

Adele boş kadehini masaya bıraktı. "Minicik elbiselerin ve rugan ayakkabılarınla ne şeker görünüyordun kim bilir?"

"Hiç de değil. Böcek gibi görünüyordum."

Sebastian susuyordu.

"Tatlım, sıradan bir çocuk ve güzel bir yetişkin olmak, güzel bir çocuk ve sıradan bir yetişkin olmaktan daha iyi," dedi Maddie Clare'i rahatlatmak istercesine. "Kuzinlerimden biri çok güzel bir çocuktu, ama büyüdüğünde tanıdığım en çirkin kadınlardan biri oldu. Burnu büyümeye başlayınca durmak bilmedi. Sen de vasat bir çocuk olabilirsin. Ama şimdi çok güzel bir kadınsın."

"Teşekkür ederim." Clare alt dudağını ısırdı.

"Rica ederim."

Maddie ayağa kalktı. "Benim gitmem gerek."

"Öyle mi?"

"Ben de," dedi Adele. "Bir randevum var."

Clare ayağa kalktı. "Daha önce söylememiştiniz."

"Bugün senin için toplandık; ben de senin hayatında işler pek yolunda gitmezken kendi randevumdan söz etmek istemedim."

İki kadın Sebastian'la vedalaştıktan sonra Clare onlara kapıya kadar eşlik etti.

"Pekâlâ... Sebastian'la aranızda ne var?" diye sordu Maddie.

"Hiç."

"Sana daha fazlası varmış gibi bakıyor."

Adele ekledi. "Sen bira almak için odadan çıkarken bakışlarıyla seni takip etti."

Clare başını salladı. "Bunun bir anlamı yok. Herhalde ayağımın takılmasını ve düşmemiş bekledi."

"Hayır." Adele çantasında anahtarlarını ararken başını salladı. "Seni çıplak hayal edermiş gibi bakıyordu."

Clare Sebastian'ın onu hayal etmesine gerek olmadığını söylemedi. Gayet iyi biliyordu zaten.

"Normalde bunun yapan bir erkek bana itici gelse de Sebastian çok çekici görünüyordu. Bence bunun değerlendirmelisin."

"Ne diyordu bu kadınlar?"

"Hey! Bne daha geçen hafta Lonny ile nişanlıydım, hatırladınız mı?"

"Yeni bir erkeğe ihtiyacın var." Adele merdivenlerden indi. "Doğru dürüst bir erkeğe."

Maddie başını sallayarak Adele'i takip etti. "Bir erkeğin gerçek bir erkek olup olmadığını bakar bakmaz anlarsın."

"Güle güle kızlar," dedi Clare ve kapıyı kapattı. Bazen en yakın arkadaşlarını tanıyamıyordu.

SEKİZİNCİ BÖLÜM

Clare salona girdiğinde, Sebastian kapıya arkası dönük halde duruyor ve annesiyle ikisinin Clare altı yaşındayken çekilmiş fotoğrafına bakıyordu. "Hatırladığımdan daha tatlıymışsın," dedi.

"O fotoğraf rötuşlandı," dedi Clare.

Sebastian kıkırdadı ve bu kez de Cindy'nin fotoğrafına baktı. Boynunda pembe fiyonguyla çok sevimli görünüyordu Cindy. "Köpeğin olduğunu bilmiyordum."

"Lonny ile ikimizin köpeğiydi. Lonny giderken onu da götürdü." Clare, Cindy'nin fotoğrafına baktıkça onu daha çok özlüyordu.

Sebastian bir şey söylemek için ağzını açtı ama sonra vazgeçti. Gözlerini salonda gezdirdi. "Burası annenin evine çok benziyor."

Clare'e göre, evinin annesinin eviyle ilgisi yoktu. Kendisi Victorian tarzına meraklıydı. Annesi ise Fransız klasiklerini tercih ediyordu. "Nasıl yani?"

"Bir sürü eşya var," dedi Sebastian. "Ama senin evin daha cicili bicili."

Birasını sehpaya bıraktı. "Sana bir şey getirdim, ama arkadaşlarının önünde vermek istemedim. Belki de onlara Double Tree'deki geceden bahsetmemişsindir diye düşündüm." Elini kargo pantolonunun cebine soktu. "Sanırım bu sana ait."

Sebastian parmaklarının arasında Clare'in elmas küpesini tutuyordu. Clare hangisinin daha şaşırtıcı olduğuna karar veremiyordu. Sebastian'ın küpeyi bulmuş ve kendisine getirmiş olması mı yoksa arkadaşlarının yanında bundan söz etmemesi mi? İki davranış da onan hiç beklenmeyecek kadar düşünceliydi. Hatta hoştu.

Sebastian Clare'in elini eline aldı ve elmas küpeyi genç kadının avucuna bıraktı. "Bunu o sabah yastığının üzerinde buldum."

Genç adamın avucundan yayılan sıcaklık Clare'in derisine nüfuz edip parmak uçlarına yayıldı. Bu duygu rahatsız ediciydi; tıpkı Sebastian'ın o sabahki çıplak halini gözünde canlandırdığında hissettiği duygu gibi. "Ben de bir daha asla bulamayacağımı sanmıştım." Clare, Sebastian'ın gözlerinin içine baktı. Adamın bambaşka bir tarafı vardı. Soğuk ve havalı görünümü insanı adeta yakan cinsel enerjisiyle birleşiyordu. "Eşini uydurmam çok zor olacaktı."

"Annenin evinde sana vermeyi unuttum."

Sebastian başparmağını Clare'in avucuna bastırdı. Clare avucunun kavrulduğunu hissetti. Elini çekmekte çok geç kalmıştı. Etini yakan bu sıcaklığın anlamını fark edecek kadar olgundu artık. Sebastian'a karşı hiçbir şey hissetmek istemiyordu. Ya da herhangi bir erkeğe karşı. Hiçbir şey? İki yıllık bir ilişkiden yeni çıkmıştı. Daha çok erkendi. Ancak bu hissin derin duygularla ya da tutkuyla filan bir ilgisi yoktu. "Bana o gece Double Tree'de neler olduğunu anlat."

"Anlattım ya."

Clare bir adım geri attı. "Hayır. Her şeyi anlatmadın. Beni bar taburesinde dişsiz bir adamla konuşurken bulduğun andan çıplak uyandığım dakikaya kadar olan her şeyi anlat. Başka şeyler olmuş olmalı."

Sebastian, Clare'in söyledikleri onu eğlendirmiş gibi güldü. "Anlatırım ama bir şartla. Sen de bana arkadaşlarınızla neyi kutladığınızı söyleyeceksin."

"Bir şeyi kutladığımızı nereden çıkardın?"

Sebastian şampanyayı işaret etti. "Bu şişenin fiyatı yüz otuz dolar filan olmalı. Hiç kimse durup dururken Don Perignon içmez."

"Şampanyanın fiyatını nereden biliyorsun"

"Ben gazeteciyim. Her şeyi bilirim. Ayrıca kıvırcık saçlı arkadaşın bugün senin için toplandığınızı söyledi. İstersen beni fazla uğraştırma da sorumu cevapla, Clare."

Clare kollarını göğsünde kavuşturdu. Sebastian'ın HIV testini öğrenmesini neden istemiyordu ki? Zaten bu testi yaptırmayı planladığını ona söylemişti. "Bugün doktora gittim... Hatırlıyor musun, pazartesi günü sana test yaptıracağımı söylemiştim?"

"HIV mi?"

"Evet." Clara gözlerini onun gözlerinden kaçırıp tişörtünün yakasına dikti. "Bugün testin sonucu negatif çıktı."

"Ah! Bu güzel haber."

"Evet."

Sebastian, genç kadının çenesini tuttu. "Hiçbir şey."

"Efendim?"

"Hiçbir şey yapmadık. Sen sızana kadar ağladın, ben de mini barı boşalttım."

"Öyle mi? Neden çıplak uyandım peki?"

"Sana söylediğimi sanıyordum."

Sebastian ona bir sürü şey söylemişti. "Tekrar söyle."

Sebastian omuz silkti. "Kalktın, üzerindekileri teker teker çıkardın ve tekrar yattın. Sanki bir gösteri gibiydi."

"Daha fazlası var mı?"

Sebastian hafifçe gülümsedi. "Evet. Double Tree'deki adam konusunda yalan söyledim."

"Öyle bir adam yok muydu yani?"

"Biri vardı. Ama burnunda halka yoktu, dişleri de dökülmüş değildi."

Bu insanı pek de rahatlatmıyordu. "O kadar mı?"

"Evet."

Clare, Sebastian'a inanıp inanmadığını bilmiyordu. Küpesini getirmiş ve utanç verici açıklamayı arkadaşlarının yanında yapmamış olsa da, genç adamın insanda kuşku yaratan bir tarafı vardı. "Küpemi getirdiğin için teşekkür ederim."

"Rica ederim," dedi Sebastian. "Buraya gelmemin bir amacı daha vardı."

Baklayı ağzından çıkarıyordu işte.

"Ama sen endişeli görünüyorsun. Bak söz veriyorum, hiç acımayacak."

Clare arkasını dönüp küpesini kahve masasına bıraktı. "Bunu en son söylediğinde, doktorculuk oynuyorduk," dedi. "Sonunda çırılçıplak kalmıştım."

"Evet," dedi Sebastian gülerek. "Hatırlıyorum, ama sen de oyuna itiraz etmemiştin."

Ona hayır demek her zaman sordu. "Hayır."

"Ne soracağımı bilmiyorsun bile."

"Bilmeme gerek yok."

"Ya bu kez çıplak kalmayacağına dair söz verirsem?"

Clare boş kadehleri ve şampanya şişesini aldı. "Unut gitsin," dedi içini çekerek ve kapıya doğru yürüdü.

"Babama cumartesi günkü parti için ne almam gerektiği konusunda fikre ihtiyacım var."

Clare dönüp ona baktı. "Hepsi bu mu?" Daha fazlası olmalıydı.

"Evet. Nasıl olsa küpeyi getirmem gerekiyordu. Senin bana fikir verebileceğini düşündüm. Babamla birbirimizi tanımaya çalışıyoruz, ama seni onu benden daha iyi tanıdığın kesin."

Clare kendini kötü hissetmişti. Önyargılı davranıyordu ve bu haksızlıktı. Sebastian küçüklüğünde abuk subuk davranıyor olabilirdi ama bu çok eskidendi. Kendisi asla küçük bir kızken yaptığı şeyler yüzünden yargılanmak istemezdi. "Ben ona antika bir tahta ördek aldım," dedi. "Belki sen de tahta oymacılığı konusunda kitap alabilirsin."

"Kitap iyi olur," dedi Sebastian, mutfağa geçen Clare'in peşinde giderek. "Yeni bir oltaya ne dersin?"

"Onun bugünlerde balık tuttuğunu bilmiyordum." Clare kadehleri ve şişeyi mutfağın ortasındaki granit tezgâha bıraktı.

"Bugün öğleden sonra onunla eski oltalarına baktık. Çoğu kötü haldeydi. Ben de yeni bir tane almanın iyi olacağını düşündüm."

"Leo markalara önem verir."

"İşte bu yüzden senin bana yardımcı olabileceğini düşündüm. Beraber gidip alabiliriz değil mi?"

"Benden sadece fikir istediğini söylemiştin. Kendi başına gidebilirsin."

Sebastian'ın yüzünde en çarpıcı gülümsemesi belirdi. "Tatlım, ben bu kasabada neyin nerede satıldığını bilmiyorum. Birlikte gitmemizin ne sakıncası var ki?"

"Bana tatlım deme." Clare kendini hiç anlamıyordu. Bu adamdan kuşku duymuş, sonra da önyargılı davrandığı için kendini suçlu hissetmişti. Şimdi ona yardımcı olmak için bir fırsat vardı önünde. Ellerini göğsünde kavuşturdu. "Hayır."

"Neden ama? Kadınlar alışveriş yapmaya bayılırlar."

"Ayakkabı alışverişine, Sebastian. Olta değil. Yuh yani!" Clare homurdanarak gözlerini kapattı. Yuh yani mi demişti? On yaşındayken yaptığı gibi?

Sebastian çok eğlenmiş gibi güldü. "Yuh yani ha? Sırada ne var? Bana kuş beyinli salak mı diyeceksin?"

Clare derin bir soluk aldı ve gözlerini açtı. "Hoşça kal, Sebastian," dedi mutfak kapısına doğru yürürken. Durdu ve evin ön tarafını işaret etti. "Kendi işini kendin hallet."

Sebastian onun arkasından yürüdü. Sanki hiç acelesi yokmuş gibi ağır ağır hareket ediyordu. "Arkadaşların haklı, biliyor musun?"

Tanrım! Kızlarla konuşmasının hangi bölümünü duymuştu acaba?

Clare'in yanında durdu. "Küçükken dünyanın en tatlı kızı sayılmazdın belki; ama çok güzel bir kadın olmuşsun."

Ne kadar güzel kokuyordu. Clare hafifçe dönse, burnunu onun boynuna gömebilirdi. Bunu yapmaktan korkarak olabildiğince hareketsiz kaldı. "Hiç boşuna iltifat etme. Seninle alışverişe çıkmayacağım."

"Lütfen."

"Mümkün değil."

"Ya kaybolursam?"

"Harita al kendine."

"Gerek yok. Land Cruiser'ın navigasyon sistemi var." Sebastian gülerek geri çekildi. "Sen küçükken daha eğlenceliydin."

"O zamanlar daha saftım. Artık kolayca kandırabileceğin küçük bir kız değilim, Sebastian."

"Clare, seni kandırmamı kendin istiyordun." Sebastian gülümseyerek kapıya yöneldi. "Hâlâ istiyorsun," dedi ve Clare'in bir şey söylemesine fırsat vermeden uzaklaştı.

Clare mutfağa döndü; şampanya kadehlerini alıp lavaboya koydu. Ne saçma. Onun kandırılmak istediği filan yoktu. Sadece Sebastian'ın kendisini sevmesini istenmişti. Hep birilerinin kendisini sevmesini istiyordu zaten. Hayatının özetiydi bu. Hazin, acıklı ama gerçek.

Musluğu açtı. Kadehlerin üzerinden akıp giden suyu seyretti. Kendine karşı dürüst olsa ve geçmişine tarafsız bakabilse, hayatındaki yıkıcı kalıpları o da görebilirdi. Bunu kabullenmek acı verici olsa da, çocukluğu bütün hayatını etkiliyordu.

Uzun süre bunu reddetmişti, klişe olduğunu düşünmüştü ve klişelerden nefret ederdi. Hatta bunları yazmaktan bile.

Yüksekokulda sosyoloji dersleri almış ve boşanmış ailelerin çocukları üzerinde yapılan araştırmaları incelemişti. İstatistiklerden sürekli kaçmaya çalışsa da, babasız büyüyen kızların daha erken ve daha fazla cinsellik yaşadığını; intihar ve suç oranının onlarda daha yüksek olduğunu biliyordu. Kendisi bir an bile intiharı düşünmemiş, hiç tutuklanmamıştı. Bekâretini kaybettiğinde de yüksekokuldaydı. Anne ve babalarıyla birlikte büyüyen kızlar ilk cinsel ilişkilerini lisede yaşıyorlardı. Bu yüzden kendisinin "baba sendromu"nun olmadığına ikna olmuştu.

Sekse de aşırı düşkün değildi. Sırf bu boşluğu doldurmak için bir erkekle beraber olmak gibi bir özelliği yoktu.

Kadehleri yıkadı ve kurumaları için havlunun üzerine dizdi. Ne olursa olsun, o babasız büyümüştü.

Ne zaman babasını ziyarete gitse, onu güzel bir kadınla birlikte bulurdu. Farklı bir güzel kadınla. Kalın camlı gözlükleri, kocaman bir ağzı olan küçük bir kız olarak, bu kadınlar onun kendini çok daha az çekici ve daha güvensiz hissetmesine neden oluyorlardı. Bu onların hatası değildi. Kadınların birçoğu ona karşı çok kibardı. Kendi hatası da değildi. Hayat böyleydi işte ve bu güvensizlikler hayatı boyunca onun erkeklerle olan ilişkisini etkileyecekti.

Clare çekmeceden bir havlu aldı. Ellerini kurularken, acı verici bir sonuca vardı. Kendisini yeterince sevmeyecek erkekleri tercih ediyordu, çünkü onlara sahip olduğu için kendini şanslı hissetmek istiyordu. Bu onun Lonny'de herkesin gördüğü şeyi neden kendisinin görmediği sorusunu açıklamıyordu gerçi.

Telefonu çaldı. Clare ekrana baktı, arayan Lonny idi. Evden gittiğinden beri her gün arıyordu. Clare cevap vermiyor, o da mesaj bırakmıyordu. Bu kez açmaya karar verdi.

"Efendim?"

"Ah, açtın demek."

"Evet.

"Nasılsın?"

Lonny'nin sesini duymak içinin sızlamasına neden oldu. "İyiyim."

"Belki buluşup konuşabiliriz diye düşündüm."

"Hayır. Konuşacak bir şey yok." Clare gözlerini kapattı ve acısını dindirmeye çalıştı. Sevdiği adamı kaybetmiş olmanın acısı... "İkimiz de yolumuza devam etsek daha iyi olur."

"Ben seni incitmek istemedim."

Clare gözlerini açtı. "Bunun ne demek olduğunu hiç anlamadım." Acı acı güldü. "Benimle flört ettin, seviştin, evlenme teklif ettin, ama fiziksek olarak beni çekici bulmuyordun. Bu durumda seni incitmek istemedim derken ne kastediyorsun?"

Lonny sustu.

"İki yıl boyunca bana yalan söyledikten sonra beni incitmek istemediğini nasıl iddia edersin?"

"Yalan söylemedim. Ben gay değilim," dedi Lonny, Clare'e ve belki kendine de yalan söyleyerek. "Ben her zaman karım, çocuklarım, yuvam olsun istedim. Hâlâ istiyorum. Bu da benim normal bir adam olduğumu gösterir."

Clare neredeyse onun için üzülecekti. Lonny'nin kafası genç kadınınkinden de karışıktı. "Bu senin kendini olmadığın biri gibi görmeye çalıştığını gösterir."

"Bunun ne önemi var ki? Gay olsun olmasın, bütün erkekler sadakatsiz zaten."

"Bu durumu haklı çıkarmıyor, Lonny. Yalan söylemek ve aldatmak herkes için suç."

Clare telefonu kapattığında, Lonny'ye son kez veda ettiğini biliyordu. Lonny tekrar aramayacaktı ve içinde bir parça onu özlüyordu. Onu hâlâ seviyordu. Lonny onun sadece nişanlısı değildi, karşı cinsten sahip olduğu en iyi arkadaştı aynı zamanda. Bu arkadaşlığı uzun süre özleyeceğinden emindi.

Bardakları kurulayıp yemek odasına götürdü. Aklı Sebastian'a ve onun alaycı tavırlarına kaydı. Maddie ve Adele'in ondan ne kadar etkilendiklerini düşündü. Bunu itiraf etmekten nefret etse de, kendi de etkilenmişti. Onun kokusundan, bakışlarından, dokunuşundan etkileniyordu işte.

Ona neler oluyordu böyle? Ciddi bir ilişkiden yeni çıkmıştı ve şimdiden bir başka erkeğin dokunuşlarını geçiyordu aklından. Ancak şimdi mantıklı düşününce, Sebastian'a yönelik ilgisinin adamın özelliklerinden değil, kendisinin uzun zamandır doğru dürüst seks yapmamış olmasından kaynaklandığını fark ediyordu.

Maddie, "Seni istiyor," demişti, Adele de artık erkek gibi erkeğe ihtiyacı olduğunu söylemişti. Ama yanılıyorlardı. İkisi de. Clare'in ihtiyaç duyduğu son şey bir erkekti. Hayatında bir adama yer vermeden önce, kendini toparlaması gerekiyordu.

O gece yatağına yattığında Clare Sebastian'a yönelik tepkisinin tamamen fiziksel olduğundan emindi. Her kadının yakışıklı bir erkeğe göstereceği tepkiydi bu. O kadar. Normaldi yani. Doğaldı. Ve geçecekti.

Başucu lambasını söndürdü. Karanlıkta kıkırdadı. Sebastian evine gelip onu birlikte alışverişe gitmeye ikna edebileceğini düşünmüştü. Karizmasının geçmişte olduğu gibi etkili olabileceğini sanmıştı.

"Geçti o günler," diye fısıldadı. Hayatında ilk kez Sebastian onu kandıramamıştı.

Ancak ertesi sabah, kahve suyu ısınırken, gazete almak için kapısını açtı ve evin içine doğru bir olta düştü. Ucuna da Burger King peçetesinin arkasına karalanmış bir not iliştirilmişti.

Clare

Rica etsem bunu sarıp partiye getirir misin? Ben böyle konularda çok beceriksizim ve bizim ihtiyarı arkadaşlarının yanında utandırmak istemiyorum. Senin çok iyi iş çıkaracağından eminim.

Sağ ol
Sebastian

DOKUZUNCU BÖLÜM

Clare oltayı paketledi ve pembe kurdeleyle bağladı. Üzerine de ışıltılı süsler serpiştirdi. Paket öyle süslü ve "kız işi" olmuştu ki, Sebastian onu evde kanepenin arkasına, kimsenin göremeyeceği bir yere saklamak zorunda kaldı.

Sebastian Wingate bahçesinde dikiliyordu. Daha önce hiç görmediği yirmi beş kadar konuk vardı. Ancak hepsiyle tanıştırılmış ve isimlerini de öğrenmişti. Yıllarca gazetecilik yapmak isim ve yüz hafızasının gelişmesini sağlamıştı. Leo'nun en eski arkadaşlarından biri, Roland Meyers Sebastian'ın yanında duruyor ve kaz ciğeri atıştırıyordu. "Aferin Clare'e," dedi biraz ilerideki ağacın altını işaret ederek. Clare orada Leo'yla konuşuyordu. Leo o gün koyu renk bir pantolon, beyaz gömlek giymiş, şık bir kravat takmıştı. "Her şeyi Joyce ile ikisi ayarlamış. Baban için." Roland içkisinden bir yudum alıp ekledi. "Leo'yu ailelerinden biri gibi görüyorlar. Onunla hep yakından ilgilendiler."

Sebastian onun sözlerinde ince bir ima sezdi. O akşam, babasını daha sık ziyaret etmediği için kendisine sitemde bulunan başkaları da olmuştu ama Roland'ı bundan emin olacak kadar iyi tanımıyordu.

Roland konuşmaya devam edince, hiç şüphesi kalmadı. "Onun için her zaman vakit ayırıyorlar. Leo'nun kendi ailesinin yaptığını yapmıyorlar yani."

Sebastian gülümsedi. "Hiçbir şey tek taraflı değildir, Bay Meyers."

Yaşlı adam başını salladı. "Haklı olabilirsin. Ama benim de altı çocuğum var. Onları on yıl görmeden yaşadığımı düşünemiyorum bile."

Aslında on dört yıl olmuştu ama bunu söylemeye gerek yoktu tabii. "Sizin mesleğiniz ne?" diye sordu Sebastian konuyu değiştirmeye çalışarak.

"Veterinerim."

Sebastian mezelerle dolu masaysa yaslandı. Hoparlörlerden altmışların şarkıları yükseliyordu. Sebastian'ın babasıyla ilgili hatırladığı şeylerden biri, onun Beatles, Dusty Springfield ve özellikle Bob Dylan sevdiğiydi.

Doldurulmuş mantarlardan bir tane alıp ağzına attı. Etrafına bakınırken gözü Clare'e takıldı. Clare dalgalı olan saçlarına o gün için düz fön çektirmişti. Eteklerinde beyaz çiçekler olan, dar, mavi bir elbise giymişti. İncecik beyaz askıları olan elbise göğüslerini ortaya çıkarıyordu.

Konuklar gelmeden önce, her ayrıntıyla Clare ilgilenmişti. Roland haklıydı. Wingate kadınları Leo'ya çok iyi bakıyorlardı. Sebastian birden suçluluk hissetti. Gerçi Roland'a söylediği de doğruydu; hiçbir şey tek taraflı değildi. Ama hata kimde olursa olsun, Leo'yla gerçek bir baba oğul ilişkisi kurmak için geç kalmışlardı.

Birlikte balık tutarken çok iyi vakit geçirmişlerdi; Sebastian ilk kez içinde umut hissetmişti. Belki bundan sonra her şeyi mahvetmeyip ellerinden geleni yapabilirlerdi. Babasını olabildiğince yakından tanımak istiyordu. Neleri severdi? Neleri tercih ederdi? Ahşabı mı bronzu mu? Krepi mi kadifeyi mi? Yakılmayı mı gömülmeyi mi?

Belki de işi yüzünden kendisi babasından önce ölürdü ve gerekli düzenlemeleri Leo'nun yapması gerekirdi. Ama o çoktan kararını vermişti. Gömülmek değil yakılmak istiyordu, külleri de denize atılacaktı. Daha önce haber peşindeyken birkaç kez vurulmuştu, bu yüzden kendi ölümlülüğü konusunda hiç şüphesi yoktu.

Bardan bir viski alıp babasına doğru yürüdü. Boise'ye gelirken bavuluna kot pantolon, iki kargo pantolon ve bir hafta yetecek kadar tişört koymuştu. Bir partiye katılacağı hiç aklına gelmediği için buna uygun giysiler almamıştı. O gün erken saatlerde babası ona beyaz çizgili bir gömlekle kırmızı bir kravat getirmişti. Sebastian gömleği beğenmişti. Babasının sürekli kullandığı çamaşır sabununun kokusu burnuna çarptıkça garip bir huzur duyuyordu.

Babası onu görünce gülümsedi. "İyi vakit geçiriyor musun?" diye sordu.

İyi vakit mi? En son ne zaman iyi vakit geçirdiğini hatırlamıyordu. "Evet. Yemekler çok güzel." Viski bardağını dudaklarına götürdü. "Ama peynirin üzerindeki sosu hiç sevmedim." O sırada yirmili yaşlarının sonlarında olması gereken bir adamla konuşmakta olan Clare'e baktı."

"O, Joyce'un özel sosu. Her Noel'de yapar. Berbat bir şey." Leo sırıttı. "Sakın bunu Joyce'a söyleme. O herkesin bayıldığını sanıyor."

Sebastian kıkırdadı.

"Ben de gidip yiyecek bir şeyler alayım," dedi Leo ve açık büfeye doğru yürüdü.

Sebastian babasının arkasından baktı. Hareketleri artık eskisinden daha yavaştı. Yatma vakti geliyordu.

"Leo'nun sen burada olduğun için çok heyecanlı olduğundan eminim," dedi komşuları Lorna Devers.

Sebastian ona döndü. "Bilemiyorum."

"Elbette heyecanlı." Bayan Devers ellili yaşlardaydı. Yüzü botoksluydu. Sebastian estetik ameliyatları hiç anlayamıyordu. O yaşta bir kadın neden Pamela Anderson'ın göğüslerinin sahtesine sahip olmak isterdi ki?

"Babanı yir.. birkaç yıldır tanıyorum," dedi Lorna. Sonra da kendinden söz etmeye başladı. Sebastian sıkıntıdan patlamak üzereydi. Bu kadının şahane köpek yavruları onu hiç mi hiç ilgilendirmiyordu. Lorna hararetli bir şekilde anlatmaya devam ederken, o birkaç adım ötesindeki konuşmaya kulak kabarttı.

"Kitaplarından birini almalıyım," diyordu Clare'in yanındaki adam. "Bir iki şey öğrenebilirim." Sonra çok güzel bir espri yapmış gibi gülmeye başladı. Kendisinden başka gülen olmadığının farkında değildi.

"Rich, hep aynı şeyi söylüyorsun," dedi Clare. Işığın altında saçları harika görünüyordu.

"Bu kez alacağım. Gerçekten çok seksi olduklarını duydum. Araştırmaya ihtiyaç duyarsan, beni ara."

Rich'in bunu söylemesi çok bayağıca olmuştu. Sebastian'ın söylediği gibi değildi. Ya da belki ona öyle gelmişti.

Clare'in yüzündeki sahte gülümseme daha da genişledi. Ama genç kadın karşılık vermedi.

Sebastian'ın tam karşısında Joyce kendi yaşlarında birkaç kadınla sohbet ediyordu. Sebastian onların babasının dostları olduğundan emin değildi. Fazla zengin görünüyorlardı.

"Betty McLeod bana Clare'in aşk romanları yazdığını söyledi," dedi. "Ben kolay okunan kitaplara bayılırım. Okuyup bir kenara atıverirsin."

Joyce, Clare'i savunmak yerine, başını sallamakla yetindi. Sebastian o anda Clare'in yüzündeki gülümsemenin kaybolduğunu fark etti. Genç kadın izin isteyerek Rich'in yanından ayrılıp oradan uzaklaştı.

"Affedersin, Lorna," dedi Sebastian, kadının sözünü keserek."

Lorna onun arkasından, "Bir dahaki sefere bu kadar uzun süre yok olma," diye seslendi. Sebastian Clare'in peşinden gitti ve onu müzik sisteminin yanında CD'leri karıştırırken buldu.

"Şimdi ne çalacaksın?" diye sordu.

"AC/DC," dedi Clare. "Annem bundan nefret eder."

Sebastian gülerek onun yanında durdu. Babasının müziği duyduğu anda tansiyonunun yükseleceğinden emindi. "Ben yıllardır Dusty Springfield dinlemedim. Neden onu çalmıyorsun."

"Neden olmasın," dedi Clare, Dusty'nin CD'lerinden birini eline alırken. "Leo oltasını beğendi mi?"

Sebastian hediyesini henüz vermediğini itiraf edemedi. "Bayıldı. Paketlediğin için teşekkür ederim."

"Rica ederim," dedi Clare. Sebastian onun hafifçe güldüğünü fark etti. "İkiniz sık sık kullanırsınız artık."

"Buna vakit olmayacak. Ben yarın sabah gidiyorum. İşe başlamam gerek."

Clare omzunun üzerinden ona baktı. "Tekrar ne zaman geleceksin?"

"Bilmiyorum." Sebastian, salgın hastalık konusunu haletlikten sonra son yasal düzenlemeler konusunda araştırma yapmak için Arizona'ya geçecekti. Ardından da bir röportaj için New Orleans'a gitmesi gerekiyordu. Bu arada annesinin evinin satılması işiyle ilgilenecekti ama bu bekleyebilirdi. Acele etmeye gerek yoktu.

"Leo'nun yeni Lincoln'ünü gördüm. Eski arabası elliyi devirmişti galiba."

"Evet. Arabayı bugün aldı," dedi Sebastian, genç kadının insanın başını döndüren parfümünün kokusunu içine çekerek. "Babam hakkında çok şey biliyorsun."

"Elbette." Clare omuz silkti. "Kendimi bildim bileli onu tanıyorum. Çal tuşuna basınca, etrafa Dusty Springfield'in insanın ruhunu okşayan sesi yayıldı. Clare başını salladı, saçları çıplak omuzlarını okşadı. Sebastian bir an elini uzatıp onun saçını okşamak için dayanılmaz bir istek duydu. Bunu yapmamak için birkaç adım geri çekildi.

"Çocukluğumdan beri onu bizim avluda görüyorum," dedi Clare, Dusty'nin sabahleyin sevişmeyi anlatan şarkısı çalarken." Birçok açıdan, onu babamdan daha iyi tanıyorum. Onunla daha fazla zaman geçirdim."

Sebastian içindeki arzunun giderek arttığını hissediyordu. Belki de uzun zamandır kimseyle sevişmediği içindi bu. Annesinin cenazesi, işleri derken seks hayatını ertelemişti. Evine döner dönmez, bu konuda bir şeyler yapacaktı. "Ama o senin baban değil."

"Evet. Biliyorum."

Bir erkek, seks gibi bir konuyu ertelememeliydi. Özellikle seksten uzak kalmaya alışkın değilse. Bardağını dudaklarına götürdü. "Küçükken merak ederdim."

"Leo'nun babam olmadığını bilip bilmediğimi mi?" Clare gülerek ona doğru bir adım attı. "Evet. Biliyorum. Zampara sözü babam için icat edilmiş olmalı. Onu ne zaman ziyaret etsem yanında yeni bir kadın vardı. Yetmiş yaşına geldiği halde hâlâ öyle."

Sebastian, Clare'in çıplak halini gözünde canlandırdıkça çıldıracak gibi oluyordu. Bakışlarını ondan kaçırdı. Clare Wingate'in hayatını mahvetmesine izin veremezdi.

"Hâlâ kadınlar için ideal erkek olduğunu sanıyor," dedi Clare sinirli sinirli gülerek.

Sebastian ağaca yaslandı. "Bense babamın sevgilisinin olup olmadığını bile bilmiyorum."

"Birkaç kişi oldu," diye karşılık verdi Clare. "Fazla değil." Dusty'nin buğulu sesi ılık gece meltemine eşlik ediyordu.

"Annenle babam arasında bir şeyler olup olmadığını hep merak ettim."

Clare yine güldü. "Duygusal bir şey yok."

"Babam bahçıvan olduğu için mi?"

"Annem frijt olduğu için."

Sebastian buna inanabilirdi. Anneyle kızının birbirinden farklı bir özelliği daha ortaya çıkardı böylece.

"Partiye katılmayacak mısın?" diye sordu Clare.

"Şimdi değil. Lorna Devers'ı bir saniye daha dinlersem, sanırım şu meşalelerden biriyle kendimi ateşe veririm."

Bayan Devers partiye katılmamasının nedenlerinden biriydi; bir başka neden ise karşısında duran mavili beyazlı elbise giymiş kadındı.

"Ah!" Clare gülerek onun önüne geçti.

"İnan bana bu o kadının köpekleriyle ilgili saçma sapan hikâyelerini dinlemekten daha az acıtır canımı."

"Hangisi daha kötü, bilmiyorum. Lorna mı Rich mi?"

"Oğlu gerizekâlının teki."

"Rich onun oğlu değil. Beşinci kocası."

"İnanmıyorum!"

"İnan." Clare güldü. "Ben de bir daha annemin benim romanlarımla ilgili olumsuz bir imada bulunduğunu duyarsam, onu bu meşalelerle ateşe veririm."

"Neden senin aşk romanları yazmanı istemiyor?"

"Çünkü onu utandırıyormuşum." Clare gülümsedi. "Neyse... Lorna ve annem dışında başka kimleri ateşe verelim?"

Sebastian bir an düşünür gibi yaptı. "Babamla ilişkim konusunda laf eden herkesi."

"Ama Leo'yla ilişkiniz çok zayıf gerçekten. Bence bu konuda bir şeyler yapmalısın. Babanın yaşı iyice ilerledi."

"Bana söyleyene bak."

"Ne demek istiyorsun?"

"Bana öğüt vermeden önce sen kendi annenle ilişkine baksan iyi olur."

Clare kollarını kavuşturarak karşısında duran genç adama baktı. "Benim annemle anlaşmak mümkün değil."

"Mümkün değil mi? Son birkaç gün içinde bir şey öğrendim ben: Her zaman anlaşmanın bir yolu vardır."

Clare itiraz etmek için ağzını açtı, sonra kapattı. Anlaşmak için çabalamaktan yıllar önce vazgeçmişti. "Denemenin bir faydası yok. Onu memnun edemiyorum. Hayatım boyunca bunu denedim ve hayatım boyunca onu hayal kırıklığına uğrattım. Onun istediği sosyal faaliyetlere katılmadım. Otuz üç yaşındayım, bekârım ve ona bir torun vermedim. Anneme göre ben hayatımı boşa harcıyorum. Bugüne kadar onayladığı tek şey, Lonny ile nişanlanmamdı."

"Demek sebebi buymuş."

"Efendim?"

"Ben de bir kadının neden bir gay ile yaşamayı tercih edebileceğini düşünüyordum."

Clare omuz silkti; elbisesinin askılarından biri omzundan kaydı. "Bana yalan söyledi."

"Belki de anneni memnun etmek için bu yalana inanmak istedin."

Clare bir an düşündü. Hâlâ cevabı tam olarak bulamamıştı ama bunda da doğruluk payı vardı. "Evet, belki." Askılarını düzeltti. "Ama bu onu sevmediğim ya da beni bir kadınla aldatmadığı için daha az incinmiş olduğum anlamına gelmez." Gözlerinin yandığını hissetti. Bütün bir hafta ağlamamıştı, bunun şimdi olmasına izin veremezdi. "Bu beni rahatlatmıyor. Ucuz atlattım diye düşünemiyorum. Belki de öyle düşünmeliyim ama..."

Clare birden hızla yürümeye başladı ve bir meşe ağacının altında durdu. Elini ağacın gövdesine dayayıp dolu dolu gözlerle uzaklara baktı. Bir hafta mı olmuştu gerçekten? Ona daha uzun geliyordu. Bir yandan da sanki daha dün gibiydi. Gözlerini sildi. Herkesin içinde ağlayamazdı.

Neden ağlama krizi şimdi tutmuştu ki sanki? Derin bir nefes aldı. Günlerdir kendini oyalayacak bir şeyler bulmuştu. HIV testini düşünmüş, Leo'nun partisini planlamış, bütün fiziksel ve zihinsel enerjisini bunlara harcamıştı. Artık duygularını bastırmasını sağlayan endişeleri kalmadığı için, bir çöküş yaşıyordu.

Hem de böyle uluorta.

Sebastian'ın arkasında olduğunu hissetti. Ona dokunmuyordu ama o kadar yakınındaydı ki soluğunu hissedebiliyordu.

"Ağlıyor musun?"

"Hayır."

"Ağlıyorsun."

"Bir sakıncası yoksa yalnız kalmak istiyorum."

Sebastian onu yalnız bırakmadı elbette. Bunun yerine ellerini onun omuzlarına koydu. "Ağlama, Clare."

"Tamam." Clare gözlerindeki yaşları sildi. "Şimdi iyiyim. Sen partiye dönebilirsin. Leo seni merak etmiştir."

"Sen iyi değilsin, Leo da benim koca adam olduğumu biliyor." Sebastian ellerini onun çıplak kollarından dirseklerine doğru kaydırdı. "Gözyaşlarına değmeyecek bir adam için ağlama."

Clare ayaklarına baktı. Pedikürlü tırnakları karanlıkta belli oluyordu. "Belki de bu kadar üzülmemem gerektiğini düşünüyorsun, çünkü Lonny'yi sevdiğimi anlayamıyorsun. Ben onun hayatımın geri kalanını birlikte geçireceğim kişi olduğunu sanıyordum. Çok ortak özelliğimiz vardı." Yanaklarından bir damla yaş yuvarlanıp göğsüne düştü.

"Seks dışında."

"Evet. Ama seks her şey değildir. O benim kariyerime destek oluyordu. Önemli konularda hep birbirimizin arkasındaydık."

Sebastian, Clare'i omuzlarından tuttu. "Seks önemlidir, Clare."

"Biliyorum ama bir ilişkideki en önemli şey değildir." Sebastian ofladı ama Clare onu duymazdan geldi. "Balayımızda Roma'ya gitmeyi planlıyorduk. Orada yeni kitabım için araştırma yapacaktım ama olmadı. Kendimi çok salak ve... bomboş hissediyorum." Clare'in sesi titredi; eliyle gözlerini sildi. "İnsanın bir gün çok sevdiği birini ertesi gün sevmemesi mümkün mü? Keşke bilebilseydim."

Sebastian onu kendine çevirip yüzünü tuttu. "Ağlama," dedi gözyaşlarını silerek.

"Birazdan kendime gelirim," diye yalan söyledi Clare.

Sebastian sesini alçaltarak, "Şş," dedi. "Artık ağlamak yok, Clare."

Clare'in elinde değildi bu. Göğsündeki yumru büyüdüğünde, ağlamaktan başka bir şey gelmiyordu elinden.

Sebastian onun burnunu öptü. "Başka şeyler düşünmen gerek," dedi. "Örneğin seni gerçekten tatmin edecek bir erkeğe sarıldığında neler hissedeceğini."

Clare ellerini onun göğsüne koydu ve ince gömleğinin altındaki sert kaslarını hissetti. Bu olamazdı. Sebastian'la olmazdı. "Hayır," dedi umutsuzca. "Hatırlıyorum."

"Bence unuttun." Sebastian dudaklarını onun dudaklarına bastırdı. "Bir erkeğin sana bunu hatırlatması gerek."

Clare onun dilini ağzında hissettiğinde soluksuz kaldı. Sebastian'ın ağzında viski tadı ve başka bir tat vardı. Uzun zamandır almadığı bir tat. Cinsel arzu. Tutku... Kendisini de esir alan şehvet...

Birden etrafındaki her şeyi unuttu. Parti. Konuklar. Dusty. Lonny ile ilgili düşünceler.

Sebastian haklıydı. Bir erkekle tutkuyla öpüşmeyi unutmuştu. Bu kadar güzel öpüşmeyeli çok olmuştu. Ya da belki Sebastian çok güzel öpüşüyordu. Genç adam onu öperken ellerini omuzlarında ve boynunda gezdiriyor, diliyle ısrarcı davranıyordu.

Clare parmaklarını genç adamın saçlarına geçirdi. Sebastian'ın ıslak ağzı, vücudundaki her hücreyi alev alev yakıyordu sanki.

Parmaklarının ucunda yükseldi ve vücudunu Sebastian'ın vücuduna bastırdı. Sebastian arzuyla inledi. Ellerini Clare'in beline indirdi ve kalçalarını okşamaya başladı. Onu çok istiyordu. Clare de bunun ne kadar güzel bir duydu olduğunu unutmuştu. Genç adamı yiyip bitirmek istercesine öpüyordu. O anda karşısındaki kişinin kim olduğu önemli değildi. Önemli olan sadece neler hissettiğiydi. Arzulamak ve arzulanmak...

Sebastian geri çekildi. Soluk soluğa, "Tanrım! Dur!" dedi.

"Neden?" diye sordu Clare, onun boynunu öperek.

"Çünkü," diye karşılık verdi Sebastian, sanki işkence çeker gibi, "ikimiz de bunun bizi nereye götüreceğini bilecek kadar büyüdük."

Clare gülümsedi. "Nereye götürecekmiş?"

"Küçüklüğümüzde olanları düşünsene."

Clare bunu hiç düşünmemişti. Geri çekildi, birkaç adım yürüyüp ağaca yaslandı. Soluklarının düzene girmesini bekledi. Saçlarını düzeltmekte olan Sebastian'a baktı ve neler olup bittiğini anlamaya çalıştı. Sebastian Vaughan'ı sadece öpmüştü ve bundan da pişman olmamıştı.

"Böyle bir şey olmamalıydı. Özür dilerim, ama karşımda soyunduğun o geceden beri bunu düşünüyorum. Senin çıplak nasıl göründüğünü hatırlıyorum, işler kontrolden çıktı ve..." Sebastian alnını kaşıdı. "Ağlamaya başlamasaydın bunlar olmayacaktı."

Clare kaşlarını çatarak karanlığa baktı, parmaklarını hâlâ nemli olan dudaklarına götürdü. Keşke Sebastian özür dilemeseydi. Yaptıkları onu kızdırabilir ya da rahatsız edebilirdi ama öyle olmamıştı. Kendini hiç de kötü hissetmiyordu. Sadece hayata döndüğünü hissediyordu. "Beni mi suçluyorsun? Senin dudaklarına saldıran ben değilim ki."

"Saldırmak mı? Ben sana saldırmadım." Sebastian, Clare'e baktı. "Ben bir kadının ağladığını görmeye dayanıyorum. Sana klişe gelebilir ama doğru bu. Ağlamanı durdurmak için her şeyi yapardım."

Clare daha sonra pişman olacağından emindi. "Buradan gidebilirdin."

"O zaman sen de Double Tree'de olduğu gibi ağlamaya devam ederdin," dedi Sebastian. "Bir kez daha sana iyilik yaptım."

"Yani sırf beni susturmak için mi öptün?"

"En önemli neden buydu."

"Ah, ne kadar incesin." Clare güldü. "Ben de heyecan..."

"Clare," dedi Sebastian içini çekerek, "sen çekici bir kadınsın ve ben de erkeğim. Elbette beni heyecanlandırıyorsun. Burada durup senin çıplak nasıl göründüğünü hayal etmeye çalışmama gerek yok, ne kadar güzel olduğunu zaten biliyorum. Bu yüzden tabii ki bir şeyler hissettim. Eğer tutku hissetmeseydim, kendimden şüphe ederdim."

Clare'in ona sinirlenmesi gerekiyordu aslında ama

bunu yapamıyordu. Bir tek öpücükle Sebastian ona uzun zamandır unuttuğu şeyleri hatırlatmıştı. Bir erkeğin kendisiyle öpüşmekten fazlasını istemesini sağlama gücünü.

"Bana teşekkür etmelisin," dedi Sebastian.

Doğru. Belki de ona teşekkür etmeliydi; ama Sebastian'ın düşündüğü nedenle değil.

Genç adam arkasını dönüp uzaklaştı. Partiye değil, kendi evlerine doğru gidiyordu.

Clare kendini bildi bileli Sebastian?ı tanıyordu. Bazı şeyler değişmemişti. Genç adam hâlâ onunla dalga geçiyordu. Bir yandan da hâlâ kendini harika hissetmesini sağlıyordu. Tıpkı dokuz yaşındayken olduğu gibi. Bu iltifat günlerce bulutların üzerinde yürümesine neden olmuştu.

Clare, Sebastian'ın arkasından baktı. Verandanın ışığı genç adamın altın sarısı saçlarının ve gömleğinin beyaz yakasının parlamasına yol açıyordu. Sebastian kırmızı kapıyı açtı ve içeri girdi.

Clare bir kez daha parmağını dudaklarına götürdü. Sebastian'ı uzun zamandır tanıyordu, ama şimdi çok açık olan bir şey vardı. O artık çocuk değildi. Genç bir adamdı. Lorna Devers gibi kadınların başını döndüren, ağzını sulandıran bir adam.

Clare'in de başını döndürüyordu.

ONUNCU BÖLÜM

Eylülün ikinci haftası, Sebastian Hindistan, Kalküta'ya giden uçağa bindi. Yirmi dört saat sonra da daha küçük bir uçakla salgın hastalıkla mücadelenin yoğun bir biçimde sürdüğü Bihar'a geçecekti.

Muzaffarpur'da indi ve yanında bir doktor ve bir fotoğrafçıyla birlikte dört saatlik araba yolculuğu yapıp Rajwara Köyü'ne gitti. Uzaktan bakıldığında köy medeniyetten çok uzak görünüyordu. Geleneksel beyaz giysilerini giymiş olan adamlar tarlalarda ilkel tarım aletleriyle çalışıyorlardı. Sebastian daha önce dünyanın gelişmemiş yerlerinde yaşadığı deneyimlere dayanarak bu huzurlu görüntünün bir illüzyon olduğunu biliyordu.

Köyün tozlu yollarında yürürlerken çocuklar heyecanla çığlıklar atarak peşlerinden koşuyorlardı. Sebastian güneşten korunmak için beysbol şapkası giymiş, kargo pantolonunu ceplerini de kayıt cihazı için bol bol yedek pille doldurmuştu. Doktor köyde iyi tanınan biriydi. Başları örtülü kadınlar evlerinden çıkıyorlar ve Hint dilinde hızlı hızlı bir şeyler söylüyorlardı. Sebastian'ın söylenenleri anlamak için doktorun tercümanlığına ihtiyacı yoktu. Yoksulların yardım için yakarışları evrensel bir dildi.

Yıllar içinde Sebastian çevresinde olup bitenlerle kendisi arasına profesyonel bir duvar çekmeyi öğrenmişti. Ancak böyle manzaralara kayıtsız kalmak yine de çok zordu.

Üç gün boyunca Bihar'da kalıp gönüllülerle röportajlar yaptı. Hastaneleri ziyaret etti. Amerika'dan, hastalık için güçlü bir antibiyotik geliştiren kimyagerle konuştu; ancak bütün ilaç araştırmalarında olduğu gibi burada da temel unsur paraydı. Kalküta'ya dönmeden önce son bir kliniği ziyaret edip hasta yatakları arasında dolaştı.

Ertesi sabah erkenden yola çıktı. Bir an önce oteline gidip dinlenmeye ihtiyacı vardı. Sıkıntı içindeki kasaba, ağır koku, inlemeler onu fazlasıyla yormuştu. Hindistan dünyanın en güzel, en kendine özgü ve öte yandan yoksulluğu en fazla yansıtan ülkelerinden biriydi. Çoğu bölgesinde güzellik ve yoksulluk iç içeydi.

Çok güzel oteller, barlar vardı. Ancak Sebastian bir gazeteci olarak en çarpıcı öyküleri dışarı açılıp halkın içine karıştığında yakalayacağını biliyordu. Daha önce bu yüzden kurşunların arasında kaldığı olmuş, çok tehlike atlatmıştı. Geçmişte dizanteriye yakalanmış, soyulmuş, vurulmuş ve pek çok ölüme tanık olmuştu. Fakat başarısının buna bağlı olduğunun da bilincindeydi.

Otele döndüğünde restoranda kendine bira ve tavuk ısmarladı. Bir yandan e-mail'lerini kontrol ediyordu. Birden eski bir dostu onu fark etti.

"Sebastian Vaughan."

Sebastian başını kaldırıp baktı ve kendisine doğru yürüyen adamı tanıyınca yüzüne geniş bir gülümseme yayıldı. Ben Landis, Sebastian'dan biraz daha kısa boyluydu; gür siyah saçları ve aydınlık bir yüzü vardı. Sebastian onu son gördüğünde, USA Today için çalışıyordu. İkisi de Irak'ın işgaliyle ilgili haberler için Kuwaiti Oteli'nde kalıyorlardı. Sebastian ayağa kalkıp Ben'in elini sıktı. "Burada ne arıyorsun?" diye sordu.

Ben onu karşısına oturup bir bira ısmarladı. "Rahibe Teresa'nın ölümünden on yıl sonra neler değiştiği konusunda bir yazı dizisi hazırlıyorum."

Sebastian Katolik rahibenin ölümünden birkaç gün sonra bu konuyla ilgili bir yazı hazırlamıştı; Kalküta'ya da en son o zaman gitmişti. O günden bu yana pek fazla değişiklik olmamıştı; bu da şaşırtıcı değildi. Hindistan'da değişim yavaş gerçekleşiyordu. Birasını kaldırdı ve içkisinden bir yudum aldı. "Nasıl gidiyor?" diye sordu.

"Burasının nasıl olduğunu biliyorsun. Bir taksinin içinde olmadığın sürece her şey hareketsiz görünür."

Sebastian birasını masaya bıraktı. İki arkadaş savaş hikâyelerinden, tehlikeli, üzücü, komik anılarından, gazeteciliğin zorluklarından ve keyifli yanlarından söz etmeye başladılar. Sonunda söz kadınlara geldi.

"Şu İtalyan gazeteciyi hatırlıyor musun?" diye sordu Ben, gülümseyerek. "Dolgun kırmızı dudakları ve... memeleri olan... Adı neydi onun?"

"Natala Rossi," dedi Sebastian. Birasından bir yudum aldı.

"Evet. O."

Natalie'nin şahane göğüsleri bütün erkek meslektaşlarının ilgisini çekerdi gerçekten.

"Herhalde göğüsleri silikondu," dedi Ben.

Sebastian Natala ile bir otelde uzun bir gece geçirmişti ve güzel göğüslerinin tamamen doğal olduğunu anlama fırsatını yakalamıştı. Kendisi çok az İtalyanca biliyordu, Natala'nın da İngilizcesi kötüydü ama konuşmalarına gerek kalmamıştı pek.

"Söylentilere göre, seni otel odasına götürmüş."

"İlginç." Sebastian yaşadıklarını anlatacak bir adam değildi. "Kuşlar iyi vakit geçirdiğimi de söyledi mi?" O geceyi düşündüğünde, Natala'nın yüzünü ve şehvetli inlemelerini hayal meyal hatırlıyordu.

"Yani söylentiler doğru mu?"

"Hayır," diye yalan söyledi. İtalyan'la geçirdiği geceden söz etmek istemiyordu. Zaten Natala'yla ilgili anılar beyninden uçup gitmiş, gözünün önünde yine Clare belirmişti. Onun vücuduna bastırdığı vücudu, dolgun dudakları... Sebastian o güne kadar bir sürü kadınla öpüşmüştü ama hiç kimse onu Clare gibi öpmemişti. Clare onun ruhunu emmek istiyordu sanki. Üstelik Sebastian da ona izin vermek istiyordu.

"Senin evlendiğini duydum," dedi konuyu değiştirmek ve Clare'i kafasından atmak için. "Tebrik ederim."

"Evet. Karım ilk çocuğumuza hamile. Her an doğum yapabilir."

"Sen de burada rahibelerle ilgili haber peşinde koşuyorsun!"

"Geçimimizi sağlamak zorundayım." Bir garson Ben'in üçüncü birasını masaya bırakıp uzaklaştı. "Biliyorsun, hayat zor."

Evet, biliyordu. Gazetecilikte geçimini sağlayacak kadar para kazanmak için çok çalışmak şarttı.

"Sen Kaküta'ya neden geldiğini söylemedin," dedi Ben.

Sebastian ona salgın hastalığı ve geldiğinden beri yaşadıklarını anlattı. İki adam biralarını bitirdiler. Sonra Sebastian iyi geceler dileyip odasına çekildi.

Ertesi gün uçakta, kaydettiği kasetleri dinledi ve notlar aldı. Çiftçilerin yüzlerinde gördüğü umutsuz ifade gözlerinin önünden gitmiyordu. Onlar için yapabileceği tek şeyin hikâyelerini anlatmak olduğunu biliyordu. Savaşlar ve hastalıklar yeryüzünden hiç eksik olmuyordu ne yazık ki. Her gün yeni bir felaket yaşanıyordu. Ya bir diktatör ya bir terörist lider ya da bir mikrop bu gezegende bir yerlerde huzuru bozuveriyordu.

Chicago'daki aktarma sırasında bir kafeteryaya girdi. Bir yandan bir şeyler atıştırırken bir yandan dizüstü bilgisayarını çıkarıp yazısına başladı. Ancak kafasındakileri bir türlü kâğıda dökemeyince vazgeçti.

Havaalanından çıkar çıkmaz uzun süreli otoparka park ettiği Land Cruiser'ına yürüdü. İçinden bir ses, nedense, bunun son uluslararası uçuşu olduğunu söylüyordu. Önemli bir haber için dünyanın öbür ucuna gitmek bu kez onu eskiden olduğu gibi heyecanlandırmamıştı. Bir yandan da Ben Landis ve onun hamile eşini düşünüyordu.

Arabayla evine doğru yol alırken içini bir yalnızlık duygusu kapladı. Annesi ölmeden önce kendini hiç yalnız hissetmezdi. Bir sürü erkek arkadaşı vardı. Kadınlar da vardı elbette; istediği zaman birini arayıp bir şeyler içmeye davet edebilir ya da onlardan yardım isteyebilirdi.

Artık annesi yoktu. Hayat bir şekilde devam ediyordu ama içindeki acı geçmiyordu. Şimdi de kendini çok bitkin hissediyordu. Belki de uzun süren uçak yolculuğundan kaynaklanıyordu bu. Eve gidip biraz dinlenirse kendine gelebilirdi.

Oturduğu stüdyo daireyi iki yıl önce, kitabı New Tork Times ve USA Today'de çok satanlar listesinde bir numaraya yükselince almıştı. Kitap on dört ay listelerde kalmış ve ona gazetecilikten asla kazanamayacağı parayı kazandırmıştı. O da bu parayı gayrimenkule, lüks eşyalara ve teknolojik aletlere yatırmıştı. Sonra da eski apartman dairesinden çıkıp bu şık stüdyo daireye taşınmıştı. Evin harika bir manzarası ve jakuziye kadar her türlü konforu vardı. Islak zeminler, ahşap parkeler, deri koltuklar hep son derece ince bir zevkin ürünüydü. Bu ev, Sebastian'ın başarısının bir yansımasıydı adeta.

Sebastian arabasını park edip asansöre doğru yürüdü. Tayyörlü bir kadınla timsahlı tişört giymiş bir oğlan da onunla birlikte asansöre bindiler. "Kaçıncı kat?" diye sordu Sebastian, kapılar kapanırken.

"Altı, lütfen."

Sebastian altıncı ve sekizinci katın düğmelerine basıp arkasına yaslandı.

"Ben hastayım," dedi çocuk ona dönerek.

Sebastian eğilip çocuğun solgun yüzüne baktı.

"Suçiçeği," dedi annesi. "Umarım siz suçiçeği geçirmişsinizdir."

"On yaşındayken geçirmiştim," diyerek gülümsedi Sebastian.

Asansör durdu. Kadın, elini oğlunun omzuna koydu. Birlikte koridora doğru yürüdüler. "Ben şimdi sana çorba yaparım. Yatağını da televizyonun karşısına hazırlarım. Böylece bütün gün köpeğinle kıvrılıp çizgi film izleyebilirsin," diyordu kadın asansörün kapısı kapanırken.

Sebastian iki kat daha çıkıp asansörden indi. Sol taraftaki dairesine girdi, ağır bavulunu girişte bıraktı. Ev çok sessizdi, onu karşılayan hiç kimse yoktu. Bir köpeği bile yoktu. Acaba bir yavru köpek alsam mı, diye düşündü.

Kocaman pencerelerden içeri gün ışığı doluyordu. Mutfağa gidip dizüstü bilgisayarını mermer masaya bıraktı. Kahve suyu ısıtırken bir yandan da köpeklere karşı merakının nereden çıktığını düşünüyordu. Yorgundu. Bütün mesele de buydu zaten. İhtiyaç duyduğu son şey bir köpekti. Bırak bir hayvana, bir bitkiye bakacak kadar bile evde kalmıyordu. Hayatında hiçbir şey eksik değildi, yalnız filan olduğu da yoktu.

Mutfaktan çıkıp yatak odasına geçti. Belki de sorun bu daireydi. Buranın biraz daha "ev" gibi olması gerekiyordu. Köpek değil de başka bir şey... Belki de buradan taşınmalıydı. Belki annesine düşündüğünden daha çok benziyordu; doğru evi bulana kadar bir sürü ev değiştirmesi gerekecekti.

Yatağın kenarına oturup botlarını çıkardı. Botların bağcıklarında hâlâ Rajwara sokaklarının tozları vardı. Çoraplarını da çıkarıp attı. Banyoya doğru yürüdü.

Birkaç yıl önce, annesiyle konuşmuş, onu daha güzel bir eve taşınma konusunda ikna etmeye çalışmıştı. Ama annesi kesinlikle reddetmişti. O, evini seviyordu. "Kendimi yuvamda hissedebileceğim bir ev bulmam yirmi yılımı aldı," demişti.

Sebastian soyunup duşun altına girdi. Annesinin istediği gibi bir ev bulması yirmi yıl aldıysa, kendisinin de önünde birkaç yıl var demekti. Ilık su saçlarından ve yüzünden akıyordu. Gözlerini kapatıp suyun gerginliğini geçirmesini bekledi. Stres yaşamasına yol açan bir sürü neden vardı ve şimdilik yaşadığı ev bu nedenlerin en önemlisi değildi.

Annesinin evini satmak zorundaydı. En kısa zamanda. Annesinin en yakın arkadaşı ve iş ortağı Myrna güzellik salonundaki bütün malzemeleri ve bitkileri taşımıştı. Şimdi Sebastian'ın geri kalan eşyaları ne yapacağına karar vermesi gerekiyordu. Bu yük omuzlarından kalktıktan sonra, hayatı normale dönecekti.

Sabunu alıp yüzünü yıkadı. Babasını düşündü. Şu anda ne yapıyordu acaba? Belki gülleri buduyordu. Sonra Clare'i geçirdi aklından. Öpüştükleri geceyi hatırladı. Clare'e söylediği şey doğruydu. Onun ağlamasına engel olmak için her şeyi yapardı. Dünyada ona kendini çaresiz hissettiren tek şey, bir kadının gözyaşlarıydı. O anda da Clare'i öpmek, çocukluklarında yaptığı gibi onu itmek ya da saçını çekmekten çok daha iyi bir fikir gibi görünmüştü.

Yüzünü kaldırıp sabunu duruladı. Clare'e yalan söylemişti. Öpüştükleri için özür dilediğinde, yaptığından o kadar da pişman değildi aslında. Hatta hiç pişman değildi. Ona zor gelen, genç kadını tek başına bırakarak arkasını dönüp gitmek olmuştu. Bu zordu ama aynı zamanda yapabileceği en akıllıca şeydi. Clare Wingate'le öpüşmemeli, ona dokunmamalı, onu çıplak görmemeliydi. Büyük bir hata olurdu bu.

Ancak bütün bunlar, Clare'i düşünmesini engelleyemiyordu. Güzel göğüsleri, koyu pembe meme uçları... Yuvarlak kalçaları...

Birden testislerinin ağrıdığını hissetti. Clare'in dudaklarının vücudunda dolaştığını düşledi. Dayanılmaz bir arzuyla kıvrandı. Ama şu anda duşun altına girip arzularını tatmin edecek kimse yoktu. Birini çağırabilirdi, ancak bir kadının başladığı şeyi başka bir kadının bitirmesini istemiyordu. Clare'i hayal ederek, kendi başının çaresine bakmalıydı.

Duştan sonra Sebastian beline bir havlu dolayıp mutfağa yöneldi. Clare ile ilgili fanteziler kurduğu için kendini biraz kötü hissediyordu. Sırf onu çocukluğundan beri tanıyor olmasından kaynaklanmıyordu bu. Clare ondan hoşlanmıyordu bile. Sebastian genellikle kendisine kötü davranmayan kadınlarla ilgili fanteziler kurardı.

Kendine bir fincan kahve aldı ve telefona uzandı. Numaraları çevirip çalmasını bekledi.

Leo telefonu beşinci çalışında açtı. "Alo?"

"Ben geldim," dedi Sebastian, Clare ile ilgili düşünceleri kafasından uzaklaştırmaya çalışarak. Birlikte geçirdikleri zamana karşın, yaşlı adamla konuşurken hâlâ çok rahat değildi.

"Yolculuk nasıldı?"

Sebastian kahvesinden bir yudum aldı. "İyi."

Bir süre havadan sudan söz ettiler. Sonra Leo

sordu. "Yakın zamanda bu tarafa yolun düşecek mi?"

"Bilmem. Önce annemin evini toplayıp satmam gerek." Bunu söylerken bile genç adamın yüreğinden bir parça kopuyordu sanki. "Bu işi erteledim durdum."

"Zor olacak."

Sebastian acı acı güldü. "Evet."

"Yardım etmemi ister misin?"

Sebastian bir refleksle hayır demek için ağzını açtı. Birkaç kutuyu kendi başına toplayabilirdi. Sorun değildi. "Yardım mı teklif ediyorsun?"

"Eğer bana ihtiyacın varsa."

Söz konusu olan annesinin eşyalarıydı. Annesi olsa, Leo'yu kesinlikle evinde istemezdi. Ama o artık yoktu ve babası da ona yardım teklif ediyordu. "Çok iyi olur."

"Joyce'tan birkaç günlüğüne izin alırım o halde."

Mutfağı toplamak Sebastian'ın düşündüğünden daha kolay oldu. Leo'yla elbirliği yapıp bu işi çabucak hallettiler. Annesi porselenlerden ve kristallerden hoşlanmazdı. Yemeklerini düz, sade tabaklarda yerdi. Bardaklarını da Wal-Mart'dan alırdı. Böylece biri kırılsa, hemen yerine yenisini koyabiliyordu. Tencere ve tavaları eski olmasına karşın yepyeni duruyordu, çünkü ender olarak yemek pişirirdi. Hele Sebastian'ın evde olmadığı zamanlar neredeyse hiç mutfağa girmiyordu.

Annesi ev eşyalarına çok düşkün değildi belki,

ama öldüğü güne kadar dış görünümüne önem vermişti. Saçlarına, rujunun rengine, ayakkabılarının el çantasıyla uyumlu olup olmadığına dikkat ederdi. Judy Garland şarkıları söylemeye bayılırdı; her gittiği yerden kendisine kar küresi alırdı. Bir sürü kar küresi olmuştu; Sebastian'ın eski odasını bunları sergilemek için kullanıyordu. Sebastian onun bunu kendisinin eve geri taşınmasını engellemek istediği için yaptığından kuşkulanıyordu.

Leo ve Sebastian mutfağı topladıktan sonra, gazetelerle mukavva kutular alıp Sebastian'ın odasına geçtiler. Ayaklarının altında ahşap parkeler gıcırdıyordu; pencerelerdeki ince beyaz perdelerden içeri güneş ışığı doluyordu. Sebastian her an elinde pembe fırçayla tozları alan annesini görüverecek gibiydi.

Annesini ve onunla ilgili anıları kafasından uzaklaştırmaya çalışarak küreleri gazete kâğıtlarına sarmaya başladı.

"Carol'ın bunu bunca zaman saklayacağı kimin aklına gelirdi."

Sebastian dönüp babasına baktı. Leo elinde Cannon Beach, Oregon küresini tutuyordu. Kürenin içinde genç bir kız bir kayanın üzerine oturmuş, saçlarını tarıyordu.

"Bunu annene balayımızda almıştım."

"O küre en eskilerden biri," dedi Sebastian. "Senin aldığını bilmiyordum."

"Evet. O zamanlar bu kızı ona benzetmiştim." Babası başını kaldırıp ona baktı. Gözlerindeki ifade daha da derinleşmişti. Yüzünde hafif bir gülümseme vardı. "Ama o zamanlar annen sana yedi aylık hamileydi."

"Bunu şimdi öğreniyorum." Sebastian küreyi kutuya koydu.

"Çok güzel ve hayat doluydu. Yerinde duramazdı." Leo başını salladı. "Bense ağırkanlıydım, sakinliği severdim." Küreyi sarmaya başladı. "Sanırım hâlâ öyle. Sen benden çok annene çekmişsin. Heyecan peşinde koşmaya bayılıyorsun."

Sebastian buna eskisi kadar bayılmıyordu. Birkaç ay önce olduğundan çok farklıydı. "Belki de ben de ağırlaşmaya başlamışımdır."

Leo ona baktı.

"Bu son yolculuktan sonra, pasaportumu bir süre kullanmamaya karar verdim. Elimde birkaç iş var, sonra sanırım tamamen serbest çalışmaya başlayacağım. Belki izin yaparım."

"Ne yapacaksın peki?"

"Bilmiyorum. Tek bildiğim, uzak yerlere gitmek istemediğim. Biraz dinlenmek bana iyi gelebilir."

"Bunu yapabilir misin?"

"Elbette." İşten söz edince, o anda yaptığı şeyi unutmuştu. Eline başka bir küre alıp sardı. "Yeni Lincoln nasıl?"

"Yolda yağ gibi kayıyor."

"Joyce nasıl?" Sebastian bunu Joyce'u merak ettiği için sormamıştı; kafasının dağılmasını istiyordu sadece.

"Büyük bir Noel partisi planlıyor. Böyle şeyler onu hep mutlu eder."

"Ama daha ekim ayına bile girmedik."

"Joyce bütün planlarını çok önceden yapmaya bayılır."

"Clare? O gay'den ayrılmanın etkisinden kurtulabildi mi?" Sebastian babasıyla konuşacağı bir şeyler bulmaya çalışıyordu.

"Bilmem. Onu epey zamandır görmedim ama kendini toparlayabildiğini sanmıyorum. Clare çok hassas bir kızdır."

Sebastian'ın ondan uzak durmasının nedenlerinden biri de buydu işte. Hassas kızlar uzun süreli, gelecek vaat eden ilişkiler isterlerdi. O ise uzun süreli bir ilişki yaşayacak, vaatlerde bulunacak bir tip değildi. Oz Büyücüsü küresini aldı. Kürenin içinde Dorothy ve Toto vardı. Bunun hiç olmayacağını bilse de, Clare ile bir ya da iki gece geçirme fikrini kafasından atmaya çalıştı. Belki bu Clare'in de hoşuna giderdi. Uzun zaman sonra onun da gülümsemesini sağlardı.

Elindeki küreden "Somewhere Over The Rainbow'un melodisi yükseldi. Judy Garland'ın söylediği, annesinin de en sevdiği şarkıydı bu. Sebastian'ın içindeki her şey durdu sanki. Beyninin uyuştuğunu, yüreğinin sıkıştığını hissetti. Küre ellerinin arasından kayıp yere düştü. Sebastian, suların ayakkabılarına sıçramasını ve Dorothy, Toto ve bir sürü minik maymunun yere yayılmasını izledi. Ruhu da yerdeki camlar gibi paramparçaydı. Hayatının dümenini elinde tutan kişi artık yoktu. Bir daha geri dönmemek üzere gitmişti. Bundan sonra kürelerinin tozunu almayacak, ayakkabıları çamurlu diye ona kızmayacaktı. Saçlarını kestirmediği için dırdır etmeyecekti. Soprano sesiyle ona şarkılar söylemeyecekti.

"Lanet olsun." Sebastian koltuğa çöktü. "Bunu yapamam. Yapabileceğimi sanmıştım ama onun eşyalarını sanki bir daha asla geri gelmeyecekmiş gibi toplayamam." Gözlerine iğneler batıyordu sanki güçlükle yutkunuyordu. Dirseklerine dizlerine koyup yüzünü ellerinin arasına aldı. Kulakları uğulduyordu. Bunun kendini tutmasından kaynaklandığını biliyordu. Ama isterik bir kadın gibi ağlamayacaktı. Hele babasının önünde hiç ağlayamazdı. Gözyaşlarını birkaç saniye daha tutmayı başarabilirse, sakinleşirdi nasıl olsa.

"Anneni sevmenin ayıp bir tarafı yok," dediğini duydu babasının. "Bu senin iyi bir evlat olduğunu gösterir." Leo'nun elini başında hissetti, saçlarını okşuyordu. "Annenle ben anlaşamıyorduk, ama onun seni ne kadar çok sevdiğini biliyorum. Söz konusu sen olduğunda, gözü başka hiçbir şeyi görmezdi. Oğlunun yanlış bir şey yapabileceğini asla kabul etmezdi."

Bu doğruydu.

"Tek başına seni çok iyi yetiştirmeyi başardı. Ben de o yüzden ona hep minnettar kaldım. Tanrı biliyor, ben seninle yeterince ilgilenemedim."

Sebastian ellerini gözlerine bastırdı. Yanında duran babasına baktı. Derin bir soluk aldı. "O da senin benimle ilgilenmene pek izin vermedi."

"Benim için mazeretler bulmaya çalışma. Daha fazla mücadele edebilirdim. Mahkemeye bile başvurabilirdim." Leo, Sebastian'ın omzunu sıktı. "Bir sürü şey yapabilirdim. Bir şeyler yapmalıydım ama... Savaşmanın bir faydasının olmayacağını düşündüm, nasıl olsa sen büyüdüğünde bol bol vaktimiz olacaktı. Ancak şimdi yanıldığımı görüyorum ve çok pişmanım."

"Hepimizin pişmanlıkları var," dedi Sebastian. Babasının eli ona güç vermişti. "Belki de bunlara takılıp kalmamak en doğrusu. Yolumuza devam etmeliyiz."

Leo başını salladı ve Sebastian'ın sırtına tıpkı çocukluğunda yaptığı gibi hafifçe vurdu. "Hadi gidip kendine bir milk-shake al. Eminim kendini daha iyi hissedersin. Ben de buradaki işi bitireyim."

Sebastian gülümsedi. "Ben otuz beş yaşındayım, baba. Artık milk-shake içmiyorum."

"Peki. Öyleyse bir kahve molası ver. Ben de odayı toplayayım."

Sebastian ayağa kalktı, ellerini kot pantolonuna sildi. "Hayır. Ben gidip süpürgeyle faraş bulayım," dedi. Babası orada olduğu için kendini çok daha iyi hissediyordu.

ON BİRİNCİ BÖLÜM

Aralığın ilk haftası, Boise'de yağan kar çatıları örttü Her tarafta Noel hazırlıkları vardı. Sokakla ve dükkânlar ışıl ışıldı. Sokak çalgıcıları Noel şarkıları ve ilahileri söylemeye başlamışlardı.

"Mutlu Noeller," dedi Clare, arkadaşlarıyla kadeh tokuşturarak. Dört kadın yemeklerini bitirmişler, kahvelerinin tadını çıkarıyorlardı.

"Mutlu Noeller," dedi Lucy.

Adele de "Mutlu Noeller!" diye bağırdı.

Maddie gülümseyerek onları izliyordu.

Lucy kahvesinden bir yudum alıp cam fincanı masaya bıraktı. "Ah, az kalsın unutuyordum." Çantasını karıştırıp birkaç zarf çıkardı. "Nihayet Cadılar Bayramı'nda çektirdiğimiz fotoğrafları getirdim." Herkese birer zarf verdi.

Lucy ve kocası Quinn, Quill Ridge'teki şehir manzaralı evlerinde bir kıyafet balosu düzenlemişlerdi. Clare fotoğrafı zarftan çıkardı ve tavşan kostümlü haline baktı. Üç arkadaşının arasında durmuş, gülümsüyordu. Parti çok eğlenceli geçmişti. Çok zor geçen iki ayın ardından tam da Clare'in ihtiyaç duyduğu şeydi bu. Ekim sonlarında kalbinin acısı yavaş yavaş geçmeye başlamıştı. Bu arada Darth Vader ona birlikte çıkmayı teklif etmişti. Darth oldukça çekici bir adamdı. Bir işi vardı; saçları ve dişleri vardı ve yüzde yüz heteroseksüeldi. Eski Clare olsa, bilinçaltında yaşadığı kaybın etkisinden kurtulmak için onun yemek davetini kabul ederdi. Ama yeni Clare hayır demişti. Henüz biriyle flört etmek için çok erkendi.

"İmza günün ne zaman?" diye sordu Adele.

Clare ona baktı, fotoğrafı çantasına koydu. "Ayın onunda Borders'ta bir imza günü var. Bir de yirmi dördünde Walden's'ta. Umarım gelen olur." Lonny'yi tamirciyle birlikte yakalamasının üzerinden nerdeyse beş ay geçmişti. Artık sürekli gözyaşlarıyla mücadele etmesi gerekmiyor, kalbi sıkışmıyordu ama biriyle flört etmeye de hazır değildi. Şimdilik. Ve belki bir süre daha.

Adele kahvesini yudumladı. "Ayın onundaki imza gününe ben de gelirim."

"Evet, ben de orada olacağım," dedi Lucy.

"Ben de. Ama yirmi dördündekine gelemem, çünkü o günlerde alışveriş merkezlerinden uzak duruyorum. O kadar kalabalık bir ortamda eski sevgililerimden biriyle karşılaşabilirim," diye atıldı Maddie.

Clare elini kaldırdı. "Aslına ben de bundan korkuyorum."

"Ah, aklıma geldi. Bende yeni dedikodular var," dedi Adele. "Geçen gün Wren Jennings ile karşılaştım. Bana yeni kitabıyla kimsenin ilgilenmediğini söyledi."

Clare Wren'den pek hoşlanmazdı; onun kendini beğenmiş ama yeteneksiz olduğunu düşünürdü. Birlikte yaptıkları bir imza günü yetmişti ona. Wren orada sadece kendisi varmış gibi davranmış, masaya yaklaşan herkese, "kostümlü dramalar değil, tarihî aşk romanları" yazdığını söylemişti. Kendine böylesine güvenen birinin yeni kitabını yayınlayacak yayıncı bulamaması korkunç olmalıydı. "Of, ne kötü."

"Çevreciler ne kadar rahatlamıştır. Artık Wren'in saçma sapan kitapları için ağaç kesilmeyecek," dedi Maddie.

Clare ona bakıp kıkırdadı. "Ne kadar hainsin."

"Of yapma. O kadının zekice tek bir cümle kuramadığını, kurgularının da berbat olduğunu sen de biliyorsun. " Maddie kaşlarını çatarak arkadaşlarına baktı. "Bu masadaki tek hain ben değilim. Ben, hepinizin düşüncelerini dile getiriyorum yalnızca."

Doğru söylüyordu. "Bu aralar canım o kadar sıkılıyor ki anlatamam," dedi Clare.

"Ben de bütün gün güneşin altında şekerleme yapmak istiyorum," diye ekledi Lucy.

Adele, "Hamile misin yoksa?" diye sordu.

"Hayır."

"Ya." Adele'in heyecanı sönmüştü. "Ben de içimizden biri erken davranır da bebek yapar diye umut ediyordum. Kendimden yana umudum yok."

"Bana hiç bakma," dedi Maddie. "Çocuk sahibi olmak gibi bir arzum yok benim."

"Hiç mi?"

"Hiç. Sanırım ben bu gezegende üreme dürtüsü olmayan ender kadınlardan biriyim." Maddie omuz silkti. "Gerçi yakışıklı bir erkekle bunun ön hazırlıklarını yapmak fena olmazdı ama."

Lucy gülümsedi. "Benim bunu yapabileceğim yakışıklı bir erkeğim var."

Clare kahvesini bitirdi. "Ne şanslısın."

"Ben hayatımda sürekli birini istemiyorum," diye ısrar etti Maddie. "Yanımda horlayacak, battaniyeyi üzerimden çekecek... Ben, işim bittiğinde kapının önüne koyacağım birini istiyorum."

Clare etraftakilerin Maddie'yı duyup duymadığını anlamak için bakındı. "Şşş, alçak sesle konuş." Kimsenin onların tarafına bakmadığını görünce yeniden arkadaşlarına döndü. "Bazen insanların arasında olduğunu unutuyorsun."

"Ben senin yerinde olsam, Sebastian'ı kaçırmazdım, Clare," dedi Adele.

"Kimi?" Lucy merak etmişti.

"Clare'in yakışıklı arkadaşı. Kendisi gazeteci. İnsan ondan bakar bakmaz etkileniyor."

"Sebastian Seattle'da yaşıyor." Clare, Sebastian'ın Leo'nun partisinden beri görmemişti. O gece Sebastian onu öpmüş ve kadın olmanın nasıl bir şey olduğunu hatırlamasını sağlamıştı. Öyle ki neredeyse ona Lonny'yi unutturmuştu. Sebastian'ı neyi, ne zaman, nerede, nasıl, niçin yaptığını bilmiyor olabilirdi; ama bir şeyden çok emindi. Genç adam bir kadını nasıl öpmesi gerektiğini çok iyi biliyordu. "Onu önümüzdeki yirmi yıl boyunca göreceğimi sanmıyorum." Leo Şükran Günü'nü Seattle'da geçirmişti; Clare'in duyduğuna göre Noel'i de orada geçirmeyi planlıyordu. Bu çok üzücüydü. Leo her Noel'i o ve Joyce ile birlikte geçirirdi. Clare onu özleyecekti. "Benim gitmem gerek," diyerek ayağa kalktı. "Anneme parti hazırlıklarına yardım edeceğime dair söz verdim."

Lucy başını kaldırıp baktı. "Geçen yıl ona yardım etmeyi reddetmiştin yanılmıyorsam."

"Evet, ama bu yıl Leo'nun burada olmamasına yeterince üzüldü zaten," dedi Clare, pelerinini giyerken. "Bu yüzden ben de onu kırmak istemedim." Kırmızı atkısını boynuna doladı. "Ayrıca yazdıklarım konusunda bir daha kötü sözler etmeyeceğine dair ondan söz aldım."

"Sence bu sözünü tutabilecek mi?"

"Elbette hayır ama en azından deneyecek." Kırmızı çantasını aldı. "Ayın onunda görüşürüz," dedi ve arkadaşlarıyla vedalaşıp restorandan çıktı.

Hava biraz ısınmış, yerdeki karlar erimeye başlamıştı. Otoparka doğru yürürken soğuk yüzüne vuruyordu. Kırmızı deri eldivenlerini cebinden çıkarıp giydi. Balcony Bar'ın önünden geçerken Lonny'yi düşündü; Lonny ısrarla buranın bir gay bar olmadığına dair onu ikna etmeye çalışmıştı. Artık onun bu konuda yalan söylediğini biliyordu. Başka ne yalanlar söylemişti kim bilir.

Artık Lonny'yi düşününce yüreği sıkışmıyordu. Daha çok öfke duyuyordu. Kendisine yalan söylediği için, ona koşulsuz inanmasına neden olduğu için Lonny'ye kızıyordu.

Arabasına bindi. Aslında düşününce, öfkesinin de

yavaş yavaş geçtiğini fark ediyordu. Lonny ile yaşadığının tek iyi tarafı, durup hayatına şöyle bir bakması olmuştu. Nihayet. Birkaç ay sonra otuz dört yaşına girecekti ve sonu hüsranla biten ilişkiler yaşamaktan yorulmuştu.

Aradığı çözümü bir türlü bulamıyordu. Belki de sorununun tek bir nedeni olmadığı içindi bu. Mesele babasından başlıyor, bilinçaltında sürekli annesini memnun etme arzusuna kadar uzanıyordu. Annesinin özel hayatı üzerinde çok büyük bir etkisinin olduğunu itiraf etmekten nefret ediyordu; ama öyleydi. Hepsinden önemlisi, aşka çok düşkün olmasıydı. Bu meslek yaşamında ona yarar sağlıyordu belki ama özel yaşamında hep acılar yaşamasına neden oluyordu.

Hayatındaki yıkıcı kalıpları değiştirmeye otuz yaşında karar vermiş olmak içini acıtıyordu.

Kontrolü ele almasının zamanı gelmişti de geçiyordu bile. Ona biraz ilgi gösteren her erkeğe âşık olmaktan vazgeçmeliydi artık. İlk görüşte aşktan vazgeçmek zorundaydı. Bundan sonra birlikte olacağı erkek, ona sahip olduğu için kendini gerçekten şanslı hisseden biri olmalıydı.

Joyce Wingate'in geleneksel Noel partisinden önceki gün, Clare eski bir kot pantolon ve kazak giydi. Üzerine beyaz kayak montunu geçirip boynuna mavi atkısını doladı ve yünlü eldivenlerini aldı. Bütün bir öğleden sonra partinin son hazırlıklarıyla ilgilendi.

Arkadaşlarıyla yemekte buluşmasının üzerinden geçen iki hafta boyunca, annesiyle Leo'nun evi süslemesine yardım etmişti. Her tarafta mumlar, minik ampuller, Noel Babalar ve melekler vardı artık.

Önceki gün Leo soğuk algınlığına yakalanmış, Joyce da onun kendini daha da kötü hissetmesinden korkarak hazırlıkların geri kalanına karışmamasında ısrar etmişti. Evinde oturduğu yerde gümüşleri parlatacak ve peçeteliklerin etrafına kurdeleler bağlayacaktı yalnızca.

Bu durumda dışarıdaki işleri Clare üstlenmişti. Ne zaman Leo'ya uğrasa yaşlı adam ayağa kalkıp dışarı çıkabilecek kadar iyi olduğunu söylüyor, ama Clare buna izin vermiyordu. Kendine dikkat etmezse hastalığı zatürreeye bile çevirebilirdi.

Sıra evin önündeki ampulleri asmaya gelmişti. Clare merdivene tırmanmış, neredeyse buz tutan elleriyle teli bağlamaya çalışırken arkasından bir ses duydu.

"Selam, kardan adam."

Clare öyle ani döndü ki az kalsın düşüyordu. Sebastian Vaughan ona doğru yürüdü. Kış güneşi sarı saçlarının daha da parlamasına neden oluyordu. Kot pantolon, siyah mont giymişti, yüzünde yine o şahane gülümsemesi vardı. "Ne zaman geldin sen?" diye sordu Clare.

"Biraz önce. Arabamı park ederken poponu tanıdım."

Clare kaşlarını çattı. "Leo geleceğini söylememişti." Son görüştüklerinde Sebastian onu öpmüştü. Bunu hatırlayınca buz gibi olan yüzünün yanmaya başladığını hissetti.

"O da bilmiyordu ki." Sebastian elini cebinden çıkarıp Clare'e doğru uzandı. Onun bileğini kavradı.

"Ne yapıyorsun?" dedi Clare.

Sebastian gülümseyince, yeşil gözlerinin kenarları kırıştı. "Ne yapacağımı sanıyorsun?"

Clare onun babasının doğum gününde yaptığını düşününce nefes alışlarının hızlandığını hissetti. Aslında Sebastian'ın yaptığından çok kendi tepkisini düşündükçe tuhaf oluyordu. İşin en kötü tarafı da yine aynı şeyleri hissetmek istiyordu. Her kadının istediğini, arzulamayı ve arzulanmayı istiyordu. "İnsanın senin ne yapacağını kestirmesi çok zor."

"Yanakların kıpkırmızı olmuş."

"Çünkü donuyorum," dedi Clare suçu havaya atarak. Bileğini Sebastian'ın elinden kurtarıp bir adım geri attı. Kendini iyi hissetmek için bir erkeğe ihtiyaç duyan, eski Clare idi. Yeni ve akıllı Clare'in buna ihtiyacı yoktu. "Bir işe yarayıp cep telefonumu çaldırsana."

"Neden?"

"Çünkü biraz önce otların arasına düşürdüm ve şimdi bulamıyorum."

Sebastian kıkırdadı ve cebinden Blackberry'sini çıkardı. "Numaranı söyle."

Clare söyledi. Biraz sonra otlarından arasından bir ayrılık şarkısının melodisi yükseldi.

"Bu şarkı senin o gay'den tamamen ayrıldığın anlamına mı geliyor?" diye sordu Sebastian.

"Evet." Clare Lonny'yi artık sevmiyordu. Kolunu uzatıp telefonunu aldı. "Aldım işte," diye fısıldadı. Dönerken Sebastian'a çarptı ve sendeledi. Sebastian düşmemesi için onu omuzlarından tuttu. Birden gözleri buluştu.

"Burada ne yapıyorsun?" Sebastian, Clare'in kollarını bırakmak yerine daha da sıkmıştı. Yüzünü onun yüzüne yaklaştırdı.

"Noel ampullerini takıyordum."

Sebastian onun dudaklarına baktı. "Ama hava çok soğuk."

"Ne yapsaydım?" dedi Clare. "Noel ampullerini takmak için baharın gelmesini mi bekleseydim!"

Sebastian güldü. "Yardıma ihtiyacın var mı?"

"Sen mi bana yardım edeceksin?"

"Etrafta başka kimse var mı?"

Clare bir an düşündü. Elleri ve ayakları donmuştu. Sebastian yardım ederse işi daha çabuk bitirip sıcacık eve girebilirdi. "Karşılığında ne istiyorsun?" diye sordu.

Sebastian merdivene tırmanırken kıkırdadı. "Henüz düşünmedim. Ama düşünürüm."

"İşte en sevdiğim içecek," dedi Sebastian, Clare'e bir fincan kakao uzatırken. Clare'i onunla birlikte eve gelmeye ikna etmek için çok dil dökmesi gerekmişti ve bu zahmete neden katlandığını bilmiyordu. Aslında bu sorunun kendisinin de kabul etmek istemediği bir cevabı vardı. Bunca zamandır Clare Vingate'i aklından çıkarmayı başaramamıştı.

"Çok iyi geldi," dedi Clare, dudağının kenarına bulaşan kakaoyu yalayarak. "Buraya Noel için mi geldin?"

Sebastian Clare'i istiyordu ve onu bir arkadaş olarak görmüyordu. Ona bu kadar yakın dururken, dudaklarından kakaoyu kendisi yalamak isterdi.

"Aslında gelmeyi düşünüyordum. Ama bu sabah Denver'daydım ve babamı aradım. Onun öksürdüğünü, sesinin de kısık olduğunu duyunca hemen eve gelmeye karar verdim."

"Soğuk algınlığı."

Sebastian genç kadından fiziksel olarak etkileniyordu, hepsi bu. Onun bedenini istiyordu. Birkaç gecelik bir ilişki yaşayabileceği bir kadın olmaması ne kadar kötüydü. "Öksürürken boğazı yırtılıyordu sanki," dedi. Clare'in onun ne kadar korktuğunu anlamasını istemiyordu. Hemen havayollarını aramış ve biletini değiştirmişti. Boise'a gelene kadar, iki saat boyunca kafasında türlü senaryolar canlanmıştı. Her biri bir öncekinden kötüydü. Yüreğine bir ağırlık çökmüştü. Bu hiç ona göre bir şey değildi. "Sanırım gereksiz bir paniğe kapıldım. Çünkü Boise Havaalanı'ndan aradığımda, mutfakta annenin gümüşlerini parlatıyor ve bebek gibi eve tıkılıp kaldığı için söylenip duruyordu. İkide bir arayıp onu kontrol etmeme de kızdı."

"Bence onunla ilgilenmen çok güzel," dedi Clare. "Geldiğini biliyor mu?"

"Henüz büyük eve gitmedim. Senin poponu görünce öyle sersemledim ki doğruca yanına geldim," dedi Sebastian. "Ama eminim babam kiralık arabayı görmüştür. Birazdan buraya gelir."

"Denver'da ne yapıyordun?"

"Dün akşam üniversitede konuşmam vardı."

"Ne hakkında?"

"Savaş sırasında gazeteciliğin rolü."

Clare'in saçının bir tutamı yüzüne düştü. "İlginç," dedi.

"Evet." Sebastian onun saçını düzeltti. "Senden yardımım karşılığında ne istediğimi düşündüm."

Clare endişeyle yüzünü ekşitti.

"Korkma. Tek yapman gereken, benimle gelip babama bir Noel armağanı seçmeme yardım etmek."

"En son Leo'ya doğum günü hediyesi almak istediğinde neler olduğunu unuttun galiba."

"Unutmadım. Oltanın üzerindeki pembe kurdeleleri kesmek on beş dakikamı aldı."

Clare memnun memnun gülümsedi. "Dersini almışsındır öyleyse."

"Ne dersiymiş bu?"

"Benimle başa çıkmaya çalışma."

Şimdi gülümseme sırası Sebastian'daydı. "Seninle uğraşmam hoşuna gidiyor galiba."

"Sen ne içtin?"

Sebastian cevap vermek yerine bir adım attı. "Bunu en son yaptığımda, beni durmamı hiç istemezmiş gibi öpmüştün."

Clare başını eğerek ona baktı. "Sen beni öptün. Ben seni öpmedim."

"Ciğerlerimdeki havayı emdin neredeyse."

"Ben öyle hatırlamıyorum."

Sebastian onun kollarını okşadı. "Yalancı."

Clare kaşlarını çattı. "Bana asla yalan söylememem gerektiği öğretildi."

"Tatlım, eminin annenin sana yapmamanı söylediği bir sürü şeyi yapıyorsundur." Sebastian Clare'i tutup kendine çekti. "Herkes senin çok hoş biri olduğunu düşünüyor. Tatlı, iyi bir kız."

Clare ellerini onun göğsüne koyup yutkundu. Genç adama her dokunuşunda içinde hissettiği bu ateşten nefret ediyordu "İyi biri olmaya çalışıyorum."

Sebastian güldü ve parmaklarını onun saçlarının arasından geçirdi. "Bunun için çok fazla uğraşmaman daha çok hoşuma gidiyor." Clare'in gözlerinin içine baktı ve kendisinden gizlemeye çalıştığı arzuyu gördü. "Gerçek Clare'in ortaya çıkmasına izin verdiğinde sana bayılıyorum."

"Ben..." Sebastian, Clare'in ağzının kenarını öptü. "Sebastian, ben bunun iyi bir fikir olduğunu sanmıyorum."

"Bırak kendini," dedi Sebastian dudaklarını onun dudaklarına bastırarak. "Ben fikrini değiştiririm." Sadece bir kez. Bir iki dakika. Sırf onu daha önce öptüğünde yanılmadığından emin olmak için. O öpüşmeyi abartmadığını kendine kanıtlamak için.

Sebastian yavaş başladı. Dilini Clare'in dudaklarında dolaştırdı; ağzının kenarına küçük öpücükler kondurdu. Clare hareketsiz duruyordu. Hiç kımıldamıyordu. Sadece parmakları genç adamın gömleğini sıkıyordu. "Hadi Clare, istediğini sen de biliyorsun," diye fısıldadı Sebastian.

Clare dudaklarını araladı ve soluk aldı; Sebastian'ın soluğunu çekti. Bu kez Sebastian'ın dili onun ağzındaydı. Genç adamın öpüşü sertleşmişti. Clare hafif bir inlemeyle karşılık verdi.

O sırada evin kapısı açıldı. Clare hemen geri çekildi. Soluk alıp verişlerini düzene sokmaya çalıştı.

Sebastian babasının ayak seslerini duydu. "Ah," dedi Leo. "Selam evlat."

Sebastian giyinik olduğuna hiç bu kadar sevinmemişti. "Nasıl oldun?" diye sordu, masanın üzerindeki fincanını alırken.

"Daha iyiyim." Leo, Clare'e baktı. "Senin burada olduğunu bilmiyordum."

Clare gülümsedi ve ifadesiz bir yüz takınmaya çalıştı. "Sebastian ampulleri takmama yardım etti."

"Sevindim. Demek içini ısıtacak bir şeyler yaptı."

Clare'in gözleri büyüdü. "Efendim?"

Sebastian gülüşünü bastırmaya çalıştı.

"Sebastian'ın kakaoları harikadır," dedi Leo.

"Ah." Clare rahatlayarak içini çekti. "Kakao. Evet, Sebastian incelik gösterip kakao yaptı." Montunu aldı. "Benim gidip işlerimi bitirmem gerek. Tabii annem sürekli yeni işler çıkarmazsa," dedi. "Leo, kendine dikkat et de daha çok hasta olma. Yarın annemin partisinde görüşürüz." Sebastian'a döndü. "Yardımın için teşekkürler."

"Ben seni geçireyim."

"Hayır," dedi Clare kararlı bir ifadeyle. "Sen babanla kal." Eldivenlerini alıp mutfaktan çıktı. Biraz sonra kapı arkasından kapandı.

Leo, Sebastian'a baktı. "Bir gariplik seziyorum. Bilmem gereken bir şey oldu mu?"

"Hayır. Hiçbir şey olmadı." Babasına anlatacağı hiçbir şey olmamıştı. Leo bu öpüşmeyi öğrenmemeliydi. "Sanırım parti yüzünden stresli."

"Haklısın sanırım," dedi Leo ama sesinden ikna olmadığı anlaşılıyordu.

ON İKİNCİ BÖLÜM

Clare annesinin sosyal dernek ve organizasyonlardan arkadaşlarının arasında dolaşıyor, gülümsüyor, kimilerinin sohbetine katılıyordu. Fonda Bing Crosby'nin parçaları çalıyordu. Clare Noel için kendine aldığı inci düğmeli kırmızı angora kazağı giymişti. Kazağın beli siyah pantolonunun beli hizasında bitiyordu. Ayağında yüksek topuklu kırmızı ayakkabılar vardı. Saçlarını sımsıkı toplayıp atkuyruğu yapmıştı. Makyajı hafifti ama kazağıyla uyumlu kırmızı ruj sürmüştü. Güzel görünüyordu ve bunun farkındaydı. Her zaman görünümüne dikkat ederdi zaten ama bu kez her zamankinden özenli davrandığını kabul ediyordu.

Neden bu kadar zahmete girdiğini bilmiyordu. Sebastian'dan hoşlanmıyordu bile. Yani pek fazla hoşlanmıyordu. Onun öpüşleri karşısında o kadar heyecanlanması ne kötüydü. Sebastian ona mantığını unutturuyordu.

Kendi kendine bunun Sebastian'dan değil, sağlıklı bir heteroseksüel erkeğe ihtiyaç duymasından kaynaklandığını hatırlattı. Lonnie'den sonra cinsel arzuları iyice artmıştı.

Sebastian onu son öptüğünde tepki vermemeye çalışmıştı. Bir erkeği vazgeçirmenin en iyi yolu hiçbir şey hissetmiyormuş gibi davranmaktı. Ama tabii bu mümkün olmamıştı. Leo gelmeseydi, işlerin ne kadar ilerleyeceğinden emin değildi.

Belki de onu durdururdu. Çünkü hayatında bir erkek istemiyordu. Öyleyse neden süslü bir kazak giyip ruj sürdün, diyordu içinden bir ses.

Birkaç ay önce kendine bu soruyu sormak aklından bile geçmezdi.

Sebastian'ın kiraladığı araba artık evin önünde değildi. Belki de çoktan Seattle'a dönmüştü Sebastian. Kendisi de sırf annesinin arkadaşlarına güzel görünmek için boşuna çaba harcamış olmuştu.

Noel partisinde bir saat geçtiğinde, Clare her şeyin şaşırtıcı biçimde iyi gittiğini itiraf etmek zorunda kaldı. Dedikodu ve şamata gırla gidiyordu. Kimileri kulübe en son katılan üyeleri, kimileri de Lurleen Maddigan'ın kalp cerrahı olan ve Randallların otuz yaşındaki kızları Mary Fran Randall ile kaçan kocasını çekiştiriyordu. Lurleen de Bayan Randall da partiye katılmayı reddetmişti.

Clare Bayan Maddigan'ı uzun süredir tanıyordu. Ondan pek hoşlanmazdı ama insanın yarı yaşında biri için terk edilmesi de acı verici olmalıydı. Kadıncağız kendini ne kadar aşağılanmış hissetmişti kim bilir. Bu, insanın nişanlısını hemcinsiyle yakalamasından da kötüydü.

"Yazı hayatın nasıl gidiyor tatlım?" diye sordu Joyce'un en yakın arkadaşlarından biri olan Evelyn. Neredeyse yetmişine geldiğini bir türlü kabul etmiyor ve saçlarını hâlâ parlak kızıla boyuyordu. Bu saç rengi, yüzünün hayalet gibi bembeyaz görünmesine neden oluyordu.

"İyi," dedi Clare. "Sorduğunuz için teşekkürler. Bu ay sekizinci kitabım çıkacak."

"Harika. Ben de birinin benim hayatımı yazmasını istiyorum."

Herkes aynı şeyi istiyordu. Herkes, kendi hayatının bir romana konu olacak kadar ilginç olduğuna inanıyordu.

"Belki ben anlatırım, sen de yazarsın."

Clare gülümsedi. "Ben kurgu yazıyorum, Bayan Bruce. Eminim sizin hikâyenizi sizin kadar iyi anlatamam. Affedersiniz." Mutfağa, içkilerle ilgilenen Leo'nun yanına kaçtı.

"Ben ne yapabilirim?" diye sordu yaşlı adamın yanında dikilerek.

"Gidip eğlenmene bak."

Clare eğlenemeyeceğini biliyordu. Camdan dışarı baktı. Kendi Lexus'u oradaydı ama kiralık araba ortalarda yoktu.

"Sebastian eve mi döndü?" diye sordu.

"Hayır. Arabayı geri verdik. Nasıl olsa Sebastian burada benim Lincoln'ü kullanır." Leo kadehleri tepsiye dizdi. "Evde tek başına. Gidip merhaba desen hoşuna gider sanırım."

Sebastian'ın hâlâ kasabada olduğunu duymak

Clare'i heyecanlandırmıştı. "Ah... ama bütün işleri sana bırakamam."

"Pek fazla iş kalmadı ki."

Bu doğruydu ama Clare'in ihtiyaç duyduğu son şey de Sebastian'la yalnız kalmaktı. Çünkü Sebastian ona erkek perhizinde olduğunu unutturuyordu.

"Kadınların içki isteklerine yetişmek olanaksız," dedi.

"Dün Sebastian'la aranızda bir şey mi oldu?" diye sordu. "Eve geldiğimde gergin görünüyordun."

"Yo, hayır." Clare başını salladı ve önceki gün olanları hatırlayınca yanaklarının yanmaya başladığını hissetti. Önce kakaonun, sonra da Sebastian'ın tadına bakmıştı.

"Emin misin? Onun küçükken seni nasıl kızdırdığını hatırlıyorum. Sırf sana çığlık attırmak için saç örgülerini çekerdi."

Clare gülümsedi. O günleri kendi de çok iyi hatırlıyordu. "Hiçbir şey olmadı. Saçımı çekmedi, paramı da elimden almadı." Hayır, sadece onu öpmüş ve daha da fazlasını istemesine neden olmuştu.

Leo ona bakıp başını salladı. "Sen öyle diyorsan, mesele yok."

Clare iyi bir yalancı olduğunu fark etti. "Öyle." Şarap şişesini alıp kilere yöneldi.

Leo kıkırdayarak arkasından seslendi. "Sebastian bazen çok zalim olabilir."

Clare kilerden bir şişe daha şarap alıp konukların yanına döndü.

"Aşk hayatın ne âlemde?" diye sordu Berni Lang.

"Şu anda hayatımda aşka yer yok," diye karşılık verdi Clare.

"Sen nişanlı değil miydin? Yoksa o Prue Williams'ın kızı mıydı?"

Clare yalan söyleyecekti ama Berni'nin karıştırmadığını biliyordu. "Kısa bir nişanlılık dönemim oldu ama yürümedi."

"Ne kötü. Sen çekici bir kızsın, neden hâlâ bekâr olduğunu anlayamıyorum." Bernice Lang yetmişli yaşların ortalarındaydı; osteoporozu vardı. O da, bu yaşta her türlü kabalığı yapma hakkına sahip olduğunu düşünen diğer kadınlar gibi bazen çenesini tutamıyordu. "Kaç yaşındasın, söyler misin sakıncası yoksa?"

Clare elbette bu soruya cevap vermek istemiyordu, çünkü konuşmanın nereye gideceğini biliyordu. "Yakında otuz dört olacağım."

"Ah." Bernice kadehini dudaklarına götürdü ama sonra aklına bir şey gelmiş gibi durdu. "Öyleyse elini çabuk tutsan iyi olur değil mi? Yoksa çocuk doğurma yeteneğini de kaybedersin. Patricia Beideman'ın kızı Linda'nın başına gelmişti." İçkisinden bir yudum alıp ekledi. "Eğer ilgilenirsen, benim bir torunum var."

Berni'nin torunuyla evlenmek? Tanrım, hayır. "Şu anda kimseyle flört edecek durumda değilim," dedi Clare ve kanepe tepsisini kaptı. Yaşlı kadına kırıcı bir laf etmemek için onun yanından kaçarcasına uzaklaştı.

Clare bir kadın otuz beşini geçene kadar biyolojik saatin yavaşlamaya başladığına inanmıyordu. Daha bir yılı vardı. Yine de içinde bir sıkıntı hissediyordu.

Belki de kendini kibar davranmaya zorladığı için olmuştu bu. Ya da belki... Bitirmesi gereken bir kitabı vardı ve o çalışmak yerine annesinin arkadaşlarına ordövr ikram ediyordu.

"Kanepe?"

"Sağ ol canım," dedi annesi tepsiye bakarak. "Bayan Hillard'ı hatırladın değil mi?"

"Elbette." Clare Ava Hillard'ı yanağından hafifçe öptü. "Nasılsınız?"

"İyiyim." Ava bir kanepe aldı. Annen bu ayın sonunda yeni kitabının çıkacağını söyledi."

"Evet."

"Ne güzel. Ben koca bir kitap yazmayı düşünemiyorum bile." Şık gözlüklerinin ardından Clare'i süzdü. "Çok yaratıcı olmalısın."

"Deniyorum."

"Clare hep yaratıcı bir çocuktu," dedi annesi ve tepsideki kanepeleri sanki şekillerini beğenmemiş gibi düzeltirken. Eski Clare olsa tepsiyi eğer ve ona engel olurdu. Ama yeni Clare gülümseyerek ona izin verdi. Kanepelerin şekli insanın kafasına takacağı bir şey değildi ne de olsa.

"Okumayı seviyorum." Ava, eyaletin en zengin adamı olan Norris Hillard'ın son karısıydı. "Annen senden son kitabını istememi söyledi."

"Ben kitaplarımı dağıtmıyorum, ama bütün kitapçılarda bulabilirsiniz." Clare annesine bakıp gülümsedi. "Ben gidip kanepeleri yenileyim. İzninizle."

Clare soğukkanlılığını ve gülümsemesini kaybetmemeye çalışarak mutfağa yöneldi. Orada Leo'yu bulmayı bekliyordu. Ancak arkası salona dönük halde tezgâha yaslanmış olan Sebastian'la karşılaştı. Sebastian'ın üzerinde beyaz tişört, gri kazak ve kargo pantolon vardı. Saçları ıslak gibi görünüyordu. Clare'in ayak seslerini duyunca dönüp ona baktı.

Clare şaşırmıştı. "Leo nerede?" diye sordu.

Sebastian her zamanki gibi rahat görünüyordu. Elinde bir kadeh kırmızı şarap vardı. "Biraz dinleneceğini söyledi."

"Evde mi?"

"Evet." Sebastian Clare'i tepeden tırnağa süzdü. "Kırmızı sana çok yakışmış."

"Teşekkür ederim." Clare elindeki tepsiyi tezgâha bıraktı. Sebastian'dan bilerek uzak duruyordu. Genç adam da o gece çok yakışıklı görünüyordu. "Dünden beri neler yaptın?"

"Bütün gece kitap okudum." Sebastian şarabını yudumladı.

Kısa bir sessizlik oldu. "Bu kez ne okudun?"

"Korsanlar."

"İnternet korsanları mı?"

"İnternet mi?" Sebastian başını salladı. "Hayır. Bildiğimiz deniz korsanları."

Clare'in de ilk iki kitabı korsanlarla ilgiliydi. "Korsanlıkla ilgili makale filan mı yazıyorsun?"

"Hayır. Makale filan yazmıyorum." Sebastian Clare'e yaklaştı, kadehini tepsinin yanına bıraktı. "Parti nasıl gidiyor?"

Clare omuz silkti. "Berni Lang bana çocuk sahibi olmak istiyorsam elimi çabuk tutmam gerektiğini söyledi."

"Öyle mi?" Sebastian bıyık altından gülümsedi. "Bunu kafana takıyor musun?"

"Hayır." Clare elini karnına koydu. "En azından şimdilik takmıyorum."

"Senin yerinde olsam ben de takmazdım. Hâlâ genç ve güzelsin. Nasıl olsa çocuk yapabileceğin birini bulursun."

"Güzelsin," demişti Sebastian. Clare bunu duyunca yüreğinde bir sıcaklık hissetti. İçindeki küçük kızın gururu okşanmıştı. Gözlerini Sebastian'ın gözlerinden kaçırıp ordövr tepsisine baktı. Mutfağa bir şey yapmak için gelmişti. Ama ne?

"Olmazsa evlat edinirsin ya da sperm bankasına başvurursun."

Clare gümüş tepsiyi kaptı ve lavaboya yöneldi. "Hayır. Bazı kadınlar bunu tercih edebilir, ama ben çocuğumun bir babası olsun istiyorum. Sürekli onun yanında olacak bir baba."

Spermlerden bahsetmek ona eski yöntemlerle çocuk sahibi olmayı hatırlatmış, gözlerinin önüne Sebastian'ın havluya sarılı görüntüsü gelmişti. "Ben birden fazla çocuk ve onları büyütmeme yardımcı olacak bir koca istiyorum." Lavabonun altındaki çöp kutusunu çekti. "Bir erkek çocuğun hayatında babanın ne kadar önemli olduğunu biliyorsundur eminim."

"Biliyorum ama sen de hayatın her zaman mükemmel olmadığını biliyorsun. En iyimser tahminle evliliklerin yüzde ellisi boşanmayla sonuçlanıyor."

Sebastian'ı belinde havluyla düşünmek Clare'in

onu belinde havlu olmaksızın hayal etmesine neden oldu. "Yüzde ellisi ise devam ediyor," dedi, farkında olmadan kanepeleri çöpe boşaltarak. Sonra birden mutfağa bunları ısıtmak için geldiğini hatırladı, çöpe dökmek için değil.

"Sen masallardaki gibi bir aşk istiyorsun."

"Şansımı denemek istiyorum." Lanet olsun. Bu kanepeleri hazırlamak için saatlerini hazırlamış ama sonra bir saniye içinde hepsini çöpe boşaltmıştı. Hepsi Sebastian'ın suçuydu. Adam odadaki bütün havayı emmiş ve beyninin çalışmasına engel olmuştu sanki. Şimdi ne yapacaktı?

"Sen bir yastıkta mutluluk içinde kocamaya inanıyor musun gerçekten?"

Clare dönüp Sebastian'a baktı. Alay eder gibi bir hali yoktu, sadece merakından sormuştu belli ki. Peki, kendisi buna inanıyor muydu? Her şeye rağmen? "Evet," dedi dürüstçe. Belki mükemmel aşka ya da ilk görüşte aşka inanmıyordu artık, ama uzun sürecek bir aşka inanıyor olabilir miydi? "İki insanın birlikte bir ömür boyu mutlu olacağına inanıyorum." Ağzına küçük bir kurabiye atıp tezgâha yaslandı.

"Annelerimiz babalarımız bunu yapamadılar."

Clare, Sebastian'a baktı. Sebastian ona dönüp kollarını göğsünde kavuşturdu. "Doğru. Ama annem de babam da yanlış nedenlerle ve ani kararlarla evlenmişler. Benim annem çapkın bir adamı değiştirebileceğini düşünmüş, seninki ise... şey..."

"Annem hamileymiş," diye tamamladı Sebastian. "Sonrasında neler olduğunu hepimiz biliyoruz. Tam bir felaket. Birbirlerini sürekli mutsuz ettiler."

"Böyle olmak zorunda değil."

"Buna ne engel olabilir ki? Kalpler, çiçekler ya da aşkı anlatan cicili bicili süsler mi? Bana buna gerçekten inandığını söyleme sakın."

Clare omuz silkti. "Beni, benim onu sevdiğim gibi dürüstçe ve tutkuyla sevecek birini istiyorum." Clare tezgâhtan uzaklaşıp buzdolabına doğru yürüdü. Dolabı açıp dondurmalara, tavuk paketlerine ve Leo'nun Sebastian'la en son balık tutmaya gittiklerinde Joyce'a verdiği kocaman balığa baktı. "Ya sen?" Kendisi hakkında konuşmaktan sıkılmıştı. "Çocuk istiyor musun?"

"Son zamanlarda ileride bir çocuğum olsa fena olmaz diye düşünüyorum." Sebastian içkisinden bir yudum alıp ekledi. "Ama evlilik başka bir mesele. Kendimi evli olarak düşünemiyorum."

Clare de onu evli olarak düşünemiyordu. "Sen de onlardan birisin."

"Kimlerden?"

Clare buzdolabına bakmaya devam etti. Süt. Greyfurt suyu. Salsa sosu. "Dışarıda eğlenilecek bir sürü kadın olduğu için evlenip hayat boyu bir kişiye bağlı kalmak istemeyenler. Her gün aynı yemeği yemek zorunda olmaktan hoşlanmayanlar." Köy peyniri. Pizza dilimine benzer bir şey. "O adamlara ne oluyor biliyor musun?"

"Sen söyle."

"Elli yaşına geliyorlar, yalnız olduklarını fark ediyorlar ve birdenbire durulup yerleşik bir hayat sürmeye karar veriyorlar. Viagra alıyorlar, yirmi yaşında bir kız bulup evleniyorlar ve çocuk yapıyorlar."

Peynir. Salatalık turşusu. Yumurta. "Ama çocuklarıyla vakit geçirip eğlenemeyecek kadar yaşlanmış oluyorlar. Altmış yaşına geldiklerinde, yirmilik eşleri onları kendi yaşında biri için terk ediyor. Tabii bu arada banka hesaplarını da temizliyor. Adamcağızlar da mutsuz ve yalnız kalakalıyorlar ve bunun nedenini anlayamıyorlar." Clare zeytin kavanozuna uzandı. "Çocukları, çok yaşlı oldukları için onları okul gösterilerinde istemiyor. Herkes onları çocuklarının dedesi sanıyor."

Vay be, diye düşündü Clare doğrulurken. Maddie'yi çok dinlemişti. "Acımasız olduğumu filan düşünme sakın," dedi gülümseyerek. "Hem zaten bütün erkekler böyle değil."

"Sen bir sürü farklı kadınla beraber olmak için evlenmek istemediğimi sanıyorsun." Sebastian güldü. "Ama durum senin sandığın gibi değil. Kendimi evli olarak düşünemiyorum, çünkü ben çok sık seyahat ediyorum ve deneyimlerim sonucunda gördüm ki gözden ırak olan gönülden de ırak oluyor. Ben uzaklardayken, ya sevgilim benden kopuyor ya da ben ondan... Veya kadın benim işimi rakibi olarak görüyor. Bütün programımı onunla daha çok vakit geçirebileceğim şekilde ayarlamamı istiyor."

Clare bu söyledikleri için onu suçlayamazdı. İnsanın sevgilisi eğlenmek isterken çalışmak zorunda kalmanın nasıl bir şey olduğunu biliyordu.

Sebastian devam etti. "Kadınlar hiçbir şeyi oluruna bırakmıyorlar. Her şey yolunda giderken bile kendilerine ve karşılarındakine işkence edecek bir şeyler bulabiliyorlar. Sürekli duyguları tartışmak, ilişkiden konuşmak ve bağlılık sözü almak istiyorlar. Ama ben birlikte olduğum hiçbir kadına yalan söylemedim."

Sebastian sözlerle olmasa da bakışlarıyla bir kadına kendini çok özel hissettirebiliyordu.

"İlişkiyi tanımla," dedi Clare.

"Tanrım. Ne âlem kızsın sen." Sebastian içini çekti. "İlişki aynı kişiyle düzenli olarak flört etmek ve sevişmektir."

"Sen de âlem bir adamsın." Clare başını salladı. "İlişki yemeğe çıkmaktan, sinemaya gitmekten ve sevişmekten fazlasını ifade etmelidir." Bu konuda daha fazla şey söyleyebilirdi, ama işe yaramayacağını biliyordu. "En uzun ilişkin ne kadar sürdü?"

Sebastian biraz düşünüp cevap verdi. "Sekiz ay kadar."

Clare parmaklarıyla tezgâhın üzerinde tempo tutarak onun gözlerinin içine baktı. "Yani, herhalde bu sürenin yarısı kadar görüştünüz."

"Aşağı yukarı."

"Bu da toplamda dört ay eder." Clare yine başını salladı ve yüksek topukları yerde tıkırdayarak yürüdü. "Çok şaşırdım."

"Neden? Daha uzun sürmediği için mi?"

"Hayır. Bu kadar sürdüğü için. Dört ay senin için uzun bir zaman; bu süre içinde bağlılıktan ve duygulardan söz etmekten sıkılmamış olman ilginç." Clare kaşlarını çatarak kilere yöneldi. "Zavallı kadın zihinsel açıdan çok yorgun düşmüş olmalı."

"Onun adına üzülme," dedi Sebastian. "Kendisi yoga ve Pilates eğitmeniydi. Bununla başa çıkmayı başardı. Üstelik halinden memnundu. Hemen her defasında bir kereden fazla orgazm oluyordu."

Clare bir kereden fazla orgazm olduğunu hatırlamıyordu hiç. Sadece bir iki kez buna yaklaştığını hissetmişti.

Sebastian onun peşinden kilere girdi. "Evet? Bir şey söylemeyecek misin?"

Clare'in fazlasında gözü yoktu aslında. O kadar uzun zamandır sevişmemişti ki tek bir orgazma bile çoktan razıydı. "Ne gibi?"

"İlişkinin seksten ibaret olmadığı ve bir kadının birden fazla orgazmdan daha fazlasına ihtiyaç duyduğu filan..."

"Evet. Öyle." Clare gözlerini kapatıp başını salladı. "Evet. Daha fazlasına ihtiyaç duyuyoruz. Ve bir ilişki seksten ibaret değildir." Kapının ağzında duran Sebastian'a baktı. Bu adam neden şimdi ona orgazm filan düşündürüyordu ki? O kilere kraker ya da ona benzer bir şey bulmaya gelmişti.

Sebastian kapının ağzından çekildi ve bir tekmeyle kapıyı kapattı.

"Ne yapıyorsun?" diye sordu Clare.

"İyi vakit geçirmeni sağlamaya çalışıyorum," dedi Sebastian. "İçerde sıkılmadın mı?"

ON ÜÇÜNCÜ BÖLÜM

Sebastian Clare'den çok etkileniyordu ve bu tamamen genç kadının suçuydu. Onun ikinci kitabını da okumuş ve ne kadar keyif aldığını görüp çok şaşırmıştı. Böyle tutku dolu romanlar yazabilen bir kadın yatakta da çok ateşli olmalıydı.

Clare. Clare Wingate. Durmadan peşinde dolaşıp onu rahatsız eden gözlüklü kız nasıl olmuştu da bu kadar çekici ve ilginç bir kadına dönüşmüştü?

Kimin aklına gelirdi bu?

"Beni neden buraya kapattın?" diye sordu Clare.

Sebastian onu omuzlarından tuttu. Topuklu ayakkabıları sayesinde Clare'in ağzı onunkiyle hemen hemen aynı hizadaydı. "Buraya saklanıp kurabiyeleri mideye indirdiğimiz günleri hatırlıyor musun?"

Clare güçlükle yutkundu. Mavi gözlerini Sebastian'ın gözlerine dikti. "Kurabiyelerden söz etmek için mi peşimden geldin?"

"Hayır," dedi Sebastian onun boynunu okşayarak. Yüzünü onun yüzüne yaklaştırdı. "Daha güzel şeylerden söz etmek istiyorum. Mesela sana neler yapabileceğimden. Sonra da senin bana neler yapabileceğini konuşuruz."

Clare ellerini onun göğsüne götürdü ve onu itebileceğini düşündü. Ama bunun yerine, "Yapamayız. Her an içeri biri girebilir," dedi.

Sebastian genç kadının tek kaygısının birilerine yakalanmak olup olmadığını merak etti. Gülümsedi. Clare'in kırmızı ruju onu çıldırtıyordu. Dudaklarını onun dudaklarına bastırdı. "Sessiz olursak kimse gelmez. Joyce'un bizi bulmasını istemezsin herhalde. Seni bahçıvanın oğluyla öpüşürken yakalarsa dehşete kapılır."

"Ama ben seni öpmüyorum ki."

Sebastian hafifçe kıkırdadı. "Şimdilik."

Clare içini çekti. "Baban da bizi bulabilir."

Sebastian onun yüzünü okşadı. "Babam şu anda bir saat süren şekerlemelerinden birini yapıyor. Ruhu bile duymaz."

"Neden bana bunu yapmana izin vereyim?"

"Çünkü bu sana zevk veriyor."

Clare yutkundu. "Bir sürü şey insana zevk verir."

"Bu kadar değil ama. İtiraf et, Clare. Sen de bundan benim kadar zevk alıyorsun."

"Çünkü... uzun zaman geçti."

"Neyin üzerinden?"

"Böyle zevk almayalı uzun zaman oldu."

Sebastian için de aynı durum geçerliydi. Çok uzun zamandır hiçbir kadını Clare'i düşündüğü kadar sık düşünmemişti. Üstelik onunla hiç sevişmediği halde. Genç kadının yüzünü biraz daha kaldırdı ve dudaklarını dudaklarına değdirip bekledi. Tereddüt ve zevk dolu saniyelerin geçmesini bekledi. Biraz sonra Clare savaşı kaybedecek ve onun kollarında eriyecekti. Artık o kusursuz Clare olmayacaktı. Umursamaz gülümsemelerin ve katı bir kontrolün ardına sığınmayacaktı.

Sebastian, Clare'in soluk alıp verişlerinin hızlandığını fark etti. Ellerini kazağının içine sokarken onun hafifçe inlediğini duydu. Bedenleri birbirine yapıştı. Clare şimdi ellerini Sebastian'ın sırtında, göğsünde dolaştırıyor, onu tutkuyla öpüyordu.

Birden geri çekildi. Soluk soluğaydı. Sebastian'ı omuzlarının kavradı ve fısıltıyla, "Neden sürekli bunun olmasına izin veriyorum?" dedi.

Sebastian'ın solukları da hızlanmıştı. "Bunu konuşmuştuk."

"Evet, ama neden seninle?" Clare dudaklarını yaladı "Dünyada başka bir sürü erkek var."

Sebastian onu kendine çekti ve göğüslerini göğsünde hissetti. "Belki ben sana başka erkeklerden daha fazla zevk veriyorumdur," dedi. Bu kadar konuşma yeterdi; bir kez daha dudaklarını Clare'in dudaklarına yaklaştırdı. Bu kez Clare de tereddütsüz ve daha tutkuluydu.

Sebastian Clare'in kazağının düğmelerini çözmeye başladı. "Seni istiyorum," diye fısıldadı.

Clare başını kaldırıp ona baktı. Gözleri arzu doluydu. "Yapamayız."

"Biliyorum." Sebastian'ın genç kadının tenine dokunan parmakları alev alev yanıyordu. "Duracağız."

Clare başını salladı. "Durmak zorundayız. Kapı kilitli değil. Her an içeri biri girebilir."

Doğruydu. Normalde bunun Sebastian'ı durdurması gerekirdi. Ama bugün değil. İki eliyle Clare'in kazağının yakasını açtı. "Double Tree'deki o geceden beri," dedi, "bunu düşünüyorum. Seni soymayı, sana dokunmayı... Küçük Clare'e başka gözle bakmayı."

"Ben artık küçük değilim," diye fısıldadı Clare.

"Biliyorum." Sebastian parmaklarını onun sutyeninin askısına değdirdi. "Bunu beğendim. Bence hep kırmızı giymelisin." Başını eğip Clare'in boynunu öperken bir yandan da sutyeninin kopçalarını çözdü. Sutyen kazakla birlikte Clare'in kollarından sıyrıldı.

"Ama bugünlerde çıplak çok daha güzel görünüyorsun." Clare'in göğüsleri dolgun ve yuvarlaktı, meme uçları dikleşmişti. Sebastian onun boğazını, omuzlarını, göğüslerinin kenarını öptü. Diliyle meme uçlarına dokundu. Clare arzuyla kasılarak başını geriye attı. Sebastian onun mavi gözlerindeki ateşi görebiliyordu.

Birden "Dur!" diye fısıldadı Clare ve onu itti.

Genç adam şaşırmıştı. Dilinde Clare'in teninin tadı vardı. Daha yeni başlamışlarken durmak...

Kapalı kapının ardında biri musluğu açtı. "Sanırım Leo," diye fısıldadı Clare.

Sebastian da babasının ayak seslerini duyunca Clare'i bıraktı. O anda istediği en son şey durmaktı, ama babasının Clare ile ikisini yakalaması da işine gelmiyordu. "Benimle eve gel," dedi Clare'in kulağına.

Clare başını salladı. Su sesi kesildi. Leo'nun ayak sesleri salona doğru uzaklaştı.

Sebastian parmaklarını Clare'in saçlarında dolaştırdı. "Kocaman bir eviniz var. Bu işi bitirebileceğimiz bir oda da vardır eminim."

Clare yine başını salladı. Uzanıp sutyenini aldı ve kırmızı dantelle göğüslerini örtmeye çalıştı. Atkuyruğu omuzlarına değiyordu. "Senin işi bu kadar ileriye götüreceğini tahmin etmeliydim."

Sebastian başladıkları işi bitirmek için can atıyordu. Evde. Ya da Clare'in evinde. Bir arabanın arkasında. Nerede olursa olsun. "Bir dakika önce hiç şikâyet etmiyordun."

"Buna vaktim oldu mu ki? Fırsat vermedin."

Clare, Sebastian'ı kızdırıyordu yine. Tıpkı Double Tree'de yaptığı gibi. "Yaptığım her şeye karşılık veriyordun. Leo gelmeseydi, hâlâ inliyor ve kulağıma arzu dolu sesler fısıldıyor olacaktın. Birkaç dakika sonra kollarımda çırılçıplak kalacaktın."

"Ben inlemiyordum." Clare kazağını düzeltti. "Kendini kandırma. Giysilerimin geri kalanını çıkarmana da asla izin vermezdim."

"Sen de kendine yalan söyleme. İstediğim her şeyi yapmama izin verecektin." Sebastian ona sarılıp, daha fazlasını yapması için kendisine yalvarana kadar öpmemek için kendini zor tutuyordu. "Bir dahaki sefere seni soymama izin verdiğinde, sonuna kadar gideceğim."

"Bir dahaki sefer diye bir şey olmayacak." Kazağının düğmelerini iliklerken elleri titriyordu. "Demin de her şey ben durdurmaya çalışırken kontrolümden çıktı."

"Bunun sonunun nereye varacağını bilmiyor muydun sanki? Bir dahaki sefere eski nişanlının yapamayacağı şeyi bitireceğim."

Clare derin bir soluk alarak ona baktı. Gözlerini kısınca yine eski Clare olmuştu. Mağrur ve kontrollü. "Çok zalimsin."

Sebastian da zalimlik ettiğini düşünüyordu.

"Lonny ile hayatım konusunda hiçbir şey bilmiyorsun."

Bilmiyordu ama tahmin ediyordu. Mutfakta yeniden ayak sesleri duyuldu. Sebastian, "Seni şimdiden uyarıyorum," diye fısıldadı. "Bir dahaki sefere başımı memelerinin arasına gömdüğünde, sana çok ihtiyaç duyduğun şeyi yapacağım."

"Neye ihtiyaç duyduğum konusunda en küçük bir fikrin yok senin. Benden uzak dur," dedi Clare ve dışarı fırlayıp kapıyı arkasından kapattı.

Sebastian da onun peşinden çıkmayı çok isterdi, ama bu mümkün değildi, pantolonun önünde hemen fark edilebilecek bir kabarıklık vardı çünkü.

Kapıdan babasının sesini duydu. "Sebastian'ı gördün mü?" diye soruyordu Leo.

Sebastian, Clare'in onu babasına şikâyet etmesini bekledi. Tıpkı yıllar önce ona kızdığında yaptığı gibi.

"Hayır," dedi Clare. "Hayır, görmedim. Eve baktın mı?"

"Baktım. Yoktu."

"Eminim buralarda bir yerdedir."

ON DÖRDÜNCÜ BÖLÜM

Fiona Winters kendisinin Rathstone Dükü Vashion Elliot'ı etkileyebilecek türden bir kadın olmadığından emindi. O, sıradan bir adamın kızıydı. Hiç kimseydi. Güzel de sayılmazdı. Balerine ya da opera sanatçısına benzer bir hali yoktu. Oysa dük öyle kadınlardan hoşlanırdı.

"Efendim majesteleri?"

Dük bir adım geri çekilip onu süzdü. "Sanırım buranın havası size yaradı. Yanaklarınıza renk geldi," dedi. Elini uzatıp genç kadının bir tutam saçını kulağının arkasına sıkıştırdı. "Son üç ay içinde çok değiştiniz."

Fiona nefesini tuttu ve güçlükle "Teşekkür ederim," diyebildi. Yanaklarının gerçekten temiz hava yüzünden mi yoksa heyecandan mı kızardığından emin değildi. "İzin verirseniz gidip Annabella'ya bakayım. Üzerini değiştirmesine yardım etmem gerek."

Clare başucundaki kitabı alıp açtı. Kitabına yeni karakterler ekleyecekti. İtalyan aristokrasisine dair terimleri doğru kullanmak istiyordu. Sayfaları çevirirken kapı çaldı. Cumartesi sabahıydı; kimseyi beklemiyordu.

Koltuğundan kalkıp yola bakan pencerelerden birine gitti. Leo'nun Lincoln'ünü gördü ama içinden bir ses sürücünün Leo olmadığını söylüyordu. Pencereyi açtı; buz gibi Aralık havası yüzüne çarptı.

"Leo?"

"Hayır." Sebastian verandadan ona baktı. Üzerinde siyah parkası ve siyah çerçeveli gözlükleri vardı.

Clare onu önceki gün annesinin partisinden kaçtığından beri görmemişti. Soğuğa rağmen yanaklarının yandığını hissetti. Bir süre görüşmeyeceklerini ummuştu. Belki bir yıl.

"Neden geldin?"

"Sen burada oturuyorsun diye."

Clare, genç adama bakarken heyecanlanmıştı. Ama bunun ondan etkilenmesiyle bir ilgisi yoktu. "Neden?"

"Beni içeri al da nedenini söyleyeyim."

Onu içeri almak mı? Delirmiş miydi bu adam? Daha önceki gün neler söylediğini hatırlamıyor muydu? Clare onun karşısında kendini yeniden yarı çıplak bulmaktan korkuyordu.

"Hadi Clare. Kapıyı aç."

Bunun tekrarlanmasına izin vermeyecekti. Çünkü kendisinin de karşı koyamayacağını biliyordu.

"Dondum!" diye bağırdı Sebastian onun düşüncelerini bölerek.

Clare etrafına bakındı. Neyse ki onları duyan olmamıştı.

"Bağırmaktan vazgeç."

"Eğer endişen buysa, merak etme, üzerine atlamayacağım," diye daha yüksek sesle bağırdı Sebastian. "Bir kez daha reddedilmek istemiyorum. Dün yarım saat boyunca o kilerde kapalı kaldım."

"Şşş." Clare pencereyi çarparak kapatıp odasından çıktı. Sebastian'ın dışarıda bağırmaya devam edeceğinden korkmasaydı onu içeri almazdı. Ama şimdi elinden başka bir şey gelmiyordu. Merdivenlerden indi.

"Ne var?" dedi başını ön kapıdan uzatarak.

Sebastian ellerini ceplerine sokup sırıttı. "Sen konuklarını böyle mi karşılarsın? Herkesin seni hoş ve tatlı bulması ne garip."

"Sen konuk değilsin." Clare sıkıntıyla içini çekti. Kenara çekilip Sebastian'a girmesini işaret etti. "Beş dakikan var."

"Neden? Birini mi bekliyorsun?"

"Hayır." Clare kapıya yaslandı. "Çalışıyorum."

"Bir saat mola veremez misin?"

Verebilirdi, ama molalarının hiçbirini Sebastian ile geçirmek istemiyordu. Genç adamın Calvin Klein parfümü buram buram burnuna çarpıyordu. "Neden?"

"Gelip babama Noel hediyesi seçmeme yardım etmek için."

"Hediyesini Seattle'dan alsan daha kolay olmaz mı?"

"Babam Noel'de Seattle'a gelmiyor. Ben de sonunda annemin evi için bir alıcı buldum. İşleri çabuk bitirip Noel'de tekrar buraya dönebilir miyim bilmiyorum. Bu yüzden gitmeden önce bir şey bulmak istedim. Bana yardım edersin, değil mi?"

"Hiç şansın yok."

Sebastian ayağını yere vurdu. "Ben senin lambaları takmana yardım etmiştim. Sen de Leo'ya hediye seçmeme yardım edeceğine dair söz vermiştin."

"Yarına kadar bekleyemez mi?" dedi Clare. Yarın. Belki o zamana kadar Sebastian'ın önceki gün kendisine yaptıklarını unuturdu.

"Yarın gidiyorum," diye karşılık verdi Sebastian. Sanki Clare'in zihnini okumuş gibi ellerini kaldırdı. "Sana dokunmayacağım. İnan bana. Hadi mantonu giy. Dün olanlardan sonra dersimi aldım ben. Sen istemediğin sürece bir daha asla dokunmayacağım sana."

Sorun da buydu. Clare kendisinin genç adama dokunmak istemediğinden emin değildi. Üzerindekilere şöyle bir baktı. "Kıyafetim alışverişe çıkmaya uygun değil."

"Neden? Gayet rahat görünüyorsun. Bu halin çok hoşuma gitti."

Clare, Sebastian'a baktı. Dalga geçer gibi bir hali yoktu. Yüzünde hiç makyaj olmadığı için rahatsız oldu. Evden dışarı çıkmayacağı günlerde bile hafif bir makyaj yapardı oysa. Arkadaşları kimi zaman bu yüzden ona takılırlardı. "Bir saat?"

"Tamam."

"Buna pişman olacağımı biliyorum," dedi Clare montunu almaya giderken içini çekerek.

"Hayır, olmayacaksın." Sebastian'ın yeşil gözlerinin içi gülüyordu. "Seninle sevişmem için bana yalvarsan da bunu yapmayacağım." Clare'in arkasına geçip montunu giymesine yardım etti.

Clare dönüp ona baktı. Sebastian, onun omzuna dökülen saçlarını geriye itti. "Merak etme, bunun için sana asla yalvarmam."

"Bunu daha önce de duymuştum."

"Benden duymadın ama. Ben çok ciddiyim."

Sebastian onun gözlerinin içine baktı. "Clare, kadınlar böyle bir sürü şey söylerler. Özellikle sen." Ellerini yeniden cebine soktu. "Çantanı alacak mısın?"

Clare timsah derisi çantasını alıp omzuna astı. Sebastian onun peşinden dışarı çıkıp kapıyı kilitledi.

"Kasabada tablolar satan bir dükkân gördüm," dedi Sebastian. Arabaya gidip kapıyı açtı. "Oradan başlarsak sevinirim."

Bu dükkân daha çok bir resim galerisi gibiydi; Clare daha önce oradan birkaç tablo almıştı. Sebastian'la birlikte içeride dolaşırlarken onun tabloları nasıl incelediğine dikkat etti. Eğiliyor, başını yana eğiyordu. Daha çok da nülerin önünde duruyordu.

"Leo'nun bunu salonunun duvarına asacağını sanmam," dedi, beyaz çarşafların üzerinde yüzüstü yatan güzel bir kadının tablosunun önünde durduklarında.

"Ben de sanmam. Senin hoşuna giden bir şey oldu mu?"

Clare, kucağında bebekle kumsalda duran, uzun, beyaz elbise giymiş bir kadının resmedildiği tabloyu işaret etti. "Yüzündeki ifade hoşuma gitti. Çok anlamlı."

"Hımm." Sebastian başını eğdi. "Huzurlu görünüyor."

Sonunda Sebastian bir kayanın üzerinde balık tutan adamla çocuk tablosunda karar kıldı. Çerçeve seçerlerken Clare'in fikrini sordu ve onun önerisine uydu. Noel öncesi yoğunluk yaşandığından teslimatta sorun olabileceği söylenince, Clare Noel günü gidip tabloyu teslim almaya gönüllü oluverdi.

Sebastian yan gözle ona baktı. "Teşekkür ederim."

Clare gülümsedi. "Pembe kurdeleyle bağlamayacağım, yemin ederim."

"Seni öpebilseydim, öperdim," dedi Sebastian.

Clare ona döndü ve bir kraliçe edasıyla elini uzattı. Sebastian da onun elini tutup dudaklarına götürdü. "Bir kez daha teşekkür ederim, Clare."

"Rica ederim," diyerek gülümsedi Clare, elini çekerken.

Sebastian "bir saat" sözü vermişti ama bir şeyler içmek için oturdukları kafede bu süre üç saate çıktı. Clare içeri girdiklerinde kadınların Sebastian'a nasıl baktıklarını fark etti. Bu ilk kez olmuyordu, sokakta ve galeride de beğeni dolu bakışların farkına varmıştı. Acaba Sebastian da farkında mıydı? Öyle olsa bile pek umurunda değilmiş gibi davranıyordu. Belki de buna alışkındı.

Sebastian'ın bir sürü yemek siparişi verdiğini duyunca, "Birini mi bekliyoruz?" diye sordu Clare.

"Hayır. Öyle açım ki seni bile yiyebilirim." Sebastian güldü. "Sözümü geri aldım. Sen buna da kızarsın şimdi."

Karides tabağını Clare'e uzattı. "Üstelik bu yediklerim ne ki. Ben at bile yedim."

Clare yüzünü ekşitti. "Daha neler."

"Doğru söylüyorum. Mançurya'da yemiştim."

"Sen ciddi misin?"

"Evet. Kuzey Çin'de köpek ve maymun eti paketler halinde marketlerde satılıyor."

Clare tabağındaki soslu tavuğa baktı. "Yalan söylüyorsun."

"Yalan söylemiyorum. 1996 yılında orada kalırken görmüştüm. Bazı kültürlerde köpek eti çok değerlidir. Onları yargılamak istemiyorum."

Clare de insanları yargılamaktan hoşlanmazdı, ama elinde olmadan zavallı Cindy'yi düşündü. "Sen de köpek yedin mi?" diye sordu, gözlerini Sebastian'dan kaçırmaya çalışarak.

Sebastian yemeğini yemeye devam ederek cevap verdi. "Hayır, ama arkadaşlarla maymun yemiştik."

"Maymun mu yedin?" Clare şarabından bir yudum aldı.

"Evet. Tadı tavuğa benziyordu." Sebastian güldü. "İnan bana, uzun süre aç kaldıktan sonra maymun eti bile öyle lezzetliydi ki."

Clare bu konuyu daha fazla konuşmak istemiyordu. Kadehini masaya bıraktı. "Bundan sonraki görevin nerede?" diye sordu.

Sebastian omzunu silkti. "Emin değilim. Newsweek ile yeni kontrat imzalamamaya karar verdim.

Ya da herhangi bir yerle. Sanırım biraz ara vereceğim."

"Ne yapacaksın peki?"

"Henüz bilmiyorum."

Her işini sağlama bağlamayı seven Clare, "Bu seni korkutmuyor mu?" dedi.

Sebastian ona baktı. "Birkaç ay önce korkuttuğu kadar korkutmuyor. İşimde bulunduğum noktaya gelebilmek için çok çalıştım. Önceleri heyecanımı kaybedebileceğimi düşünmek bana korkutucu geliyordu. Ama artık seyahat etmekten eskisi kadar keyif almadığımı itiraf etmeliyim. Ben de heyecanım tamamen sönmeden bir süre ara vermek istedim. Her zaman dışarıdan iş yapabilirim. Sadece yeni ve farklı bir şeylere ihtiyacım var."

Clare onun kadınlar konusunda aynı şeyleri düşündüğünden şüpheleniyordu. Heyecanı bitince yeni ve farklı şeyler arayacaktı. Ama haklı olup olmadığı önemli değildi. Nasıl olsa kendisinin Sebastian'la ilişki yaşaması söz konusu değildi. Hem kendisi uzun süre bir ilişki yaşamamaya yemin etmişti hem de Sebastian'ın aşk hayatı onu hiç ilgilendirmiyordu.

"Ya sen?" diye sordu Sebastian içkisini yudumlayarak.

"Hayır. Benim hayatımda da kimse yok."

Sebastian kaşlarını çattı. "Ben işten konuştuğumuzu sanıyordum. En azından ben işimden söz ediyordum."

"Ah." Clare utancını gülümseyerek gizlemeye çalıştı. "Bana ne olmuş?"

"Yeni kitabın ne zaman çıkacak?" Sebastian kadehini masaya bırakıp çatalını aldı.

"Çıktı. Gelecek cumartesi imza günüm var."

"Kitabın konusu ne?"

"Aşk hikâyesi."

"Biliyorum da konusu ne?" Sebastian arkasına yaslanıp Clare'in cevap vermesini bekledi.

Clare onun aslında bunu umursamadığından emindi. "Bir önceki kitabımda başlayan macera devam ediyor. Kadın kahraman âşık olduğu dük ve onun üç çocuğuyla birlikte yaşamaya başlıyor."

"İlginç. Yani korsanlarla ilgili bir kitap değil?"

Korsan? Clare başını salladı.

"Şu anda üzerinde çalıştığın kitap bir korsan kitabı mı?"

"Hayır. Dizinin üçüncü ve son kitabı olacak."

O sırada garson gelip bir isteklerinin olup olmadığını sordu. O gidince, "Babamın evinde senin kitaplarını gördüm," dedi Sebastian.

"Ahh. Evet. Sağ olsun, bütün kitaplarımı alıyor. Okumasa bile bunlarla gurur duyduğunu söylüyor."

"Çok ateşli kitaplar olmalı."

"Buna okuduğun diğer kitaplara bakarak karar verebilirsin."

Sebastian bıyık altından gülümsedi. "Küçük Clare'in büyüyüp aşk romanları yazmaya başladığına inanamıyorum."

"Ben de senin büyüyüp maymun yediğine inanamıyorum. Daha da kötüsü, maymun yiyen bir adamın beni öpmesine izin verdiğime inanamıyorum."

Sebastian masanın üzerinden uzanıp onun elini tuttu. "Tatlım," dedi, "ben sadece ağzını öpmedim ki."

ON BEŞİNCİ BÖLÜM

Yirmi Dört Aralık günü Rosie Towne Meydanı Alışveriş Merkezi, alışverişini son güne bırakan kişilerle hınca hınç doluydu. Kasiyerler başlarını kaldırmadan çalışıyorlardı. Gençler bir kattan diğerine birbirlerine sesleniyorlar, anneler çocuklarını zapt etmeye uğraşıyorlardı.

Clare, Walden Kitabevi'nin girişinde son romanını imzalıyordu. Yanında kitabın kapağının dev bir afişi vardı. İmza günü için şık bir siyah tayyör ile zümrüt rengi gömlek seçmişti. Ayağında topuklu ayakkabılar vardı; saçları dalga dalga omuzlarına dökülüyordu. Elindeki altın dolma kalemi ile çok başarılı ve havalı görünüyordu. İki saatlik imzanın bitmesine on beş dakika kalmıştı. On beş kitabı satılmıştı. Aralık ayı için fena sayılmazdı. Artık arkasına yaslanıp rahatlayabilirdi. Önünde duran, kendisine hediye edilmiş kitabı açtı.

"Selam, Cinderella."

Başını hafifçe kaldırdığında, önce eski, solmuş bir Levi's gördü. Bu pantolonu ve sesi tanıyordu. Sonunda kaşe ceketi ve mavi gömleği içindeki Sebastian'ın yeşil gözleriyle karşılaştı.

"Sen burada ne arıyorsun?" Sebastian'ın Noel için kasabaya döndüğünü duymuştu. Ertesi gece Leo'yla birlikte annesinin evine yemeğe gelecekti. Ama şimdi onu karşısında bulunca çok şaşırmıştı. Aldığı cevap karşısında daha da şaşırdı.

"Babama Noel hediyesi olarak senin kitabını almaya geldim."

Clare heyecanlandığını hissetti. Sebastian'ı sevmiyordu, ama ondan hoşlanıyordu. İnsan Noel günü babasına aşk romanı almak için alışverişe çıkan bir erkekten nasıl hoşlanmazdı? "Arasaydın ben sana getirirdim."

Sebastian omuz silkti. "Sorun değil."

Yalandı bu. Aklı başında hiç kimse mecbur kalmadıkça o kalabalıkta alışverişe çıkmazdı. "Leo'nun tablosunu bu sabah aldım," dedi Clare. Sebastian'dan hoşlanmasının yanı sıra, ondan fiziksel olarak etkileniyordu da. Tıpkı Godiva çikolatalarından etkilendiği gibi. Bunların kendisi için hiç iyi olmadığını ve bağımlılık yarattığını biliyordu. Ancak bir tane aldığında, bütün kutuyu bitiriveriyordu. Sonra pişman oluyordu elbette.

Sebastian güldü. "Kurdeleyle çok uğraştın mı?"

Clare kıkırdadı. "Hayır. Henüz hediyeyi paketlemedim."

"Ee?"

"Ee ne?"

"Beni tabloyu görmek için evine davet etmeyecek misin? Yoksa yine kendimi zorla mı davet ettireceğim?"

Clare kucağındaki kitabı kapattı ve saatine baktı.

Neredeyse altı olmuştu. "Bu akşam için planın var mı?"

"Hayır."

Clare kitaplarından birini aldı ve iç kapağını açtı. "Buradaki işim bitti. İstersen gelip hediyeyi paketlememi izleyebilirsin." Leo için güzel bir Noel mesajı yazıp kitabı kapattı. "Ya da istersen sen paketlersin."

"Ah, ben paket yapmaktan nefret ederim. Sen yaparsın."

Clare kitabı ona verip ayağa kalktı. "Bunu söyleyeceğini biliyordum." Kalemini çantasına koydu. Sebastian kasada kuyrukta beklerken o da kitabevindekilerle vedalaştı.

Küçük otoparktan çıkmak tam bir kâbustu. Clare'in her zaman yirmi dakikada vardığı evine varması bu kez bir saat sürdü. İçeri girer girmez ayakkabılarıyla çorabını çıkardı, ceketini de çıkarıp dolaba astı. Gömleğinin düğmelerini çözerken kapı çaldı. Yatak odasından çıkıp kapıya gitti. Sebastian karşısında duruyordu.

"Bu kadar çabuk gelmeyi nasıl başardın?" diye sordu Clare, genç adama içeri girmesini işaret ederken.

Sebastian yerinden kımıldamadan onun düğmelerinin yarısı açık gömleğine, eteğine ve çıplak ayaklarına baktı. Derin derin içini çekti.

Clare buz gibi havada titreyerek kollarını göğsünün altında kavuşturdu. "Artık içeri girsen diyorum?" dedi.

Sebastian bir an tereddüt etti, sonra içeri girip kapıyı arkasından kapattı.

"Aç mısın? Sana pizza söylememi ister misin?"

"Evet," dedi Sebastian sonunda konuşarak. "Ama hayır, pizza istemiyorum." Uzandı, kolunu Clare'in beline dolayıp onu kendine çekti. "Sen ne istediğimi biliyorsun."

Bakışlarından ne istediği belliydi ama yine de açıkladı.

"O gece seni üzerinde sadece iç çamaşırınla gördüğümde, seninle sevişmeyi hayal ediyorum. Bu akşam imzana geldiğimde de, kendime bunu Leo'ya kitap almak için yaptığımı söyledim. Bu yüzde otuz doğruydu. Yüzde yetmişi ise yalandı. Buraya gelene dek seni üzerindekileri çıkarmaya nasıl ikna edeceğimi düşündüm. Ancak sen kapıyı açtığında, seni ikna etmeye çalışmak istemediğimi anladım. Artık çocuk değiliz. Oyun oynamıyoruz. Ben senin de aynı şeyi arzulamanı ve buna katılmanı istiyorum."

Clare'in bir parçası bunu istiyordu. Gerçekten. İkisi de hâlâ giyinik oldukları, üstelik Sebastian'ın üzerinde hâlâ ceketi olduğu halde, heyecanlandığını hissediyordu. Sebastian'ın ne kadar arzulu olduğu da sesinden anlaşılıyordu.

"Kafan karıştıysa, ne demek istediğimi açıklayayım," dedi Sebastian. "Eğer beni kovmazsan seninle sevişeceğiz."

Yarın ne olacak, diye sordu Clare'in iç sesi. Ama arzuyla kıvranan bedenini düşündüğünde, bunu umursamamayı diliyordu. "Ben de senden çok etkileniyorum. Ama buna pişman olmaktan korkuyorum. İkimiz de pişman olabiliriz. Birkaç saatlik zevk için buna değer mi?"

"Ben pişman olmayacağım. Senin de olmayacağından eminim. Hem ne önemi var ki?" Sebastian uzanıp Clare'in çenesini öptü. "Sevişmek ve bu arzuyu vücudumuzdan atmak zorundayız. Çok düşündüm, başka yolu yok."

Clare onun sıcak soluğunu hissedince gözlerini kapattı. Daha önce hiç duygusal ilişki yaşamadığı biriyle sevişmemişti. En azından hatırlayabildiği kadarıyla.

Belki de Sebastian haklıydı. Belki de bunu yapmalı ve yaşadığı arzudan kurtulmalıydı. Şimdiye kadar âşık olmuştu da ne olmuştu ki sanki? Artık tek istediği sevişmekti. Aşk değil.

"En son ne zaman seviştin, Clare?"

Ne zaman? "Sanırım nisanda."

"Dokuz ay? Lonny'den ayrılmadan önce yani?"

"Evet. Sen?"

"Benim de çok oldu. Duşta seni düşünerek boşalmam sayılmaz değil mi?"

"Hayır." Clare de bir iki kez onu hayal etmişti. "İyi miydim peki?"

"Gerçekte olduğun kadar iyi olduğunu sanmıyorum."

Sebastian'ın elleri bedeninde dolaşmaya başlayınca Clare zevkle ürperdi. Genç adamı elinden tutup yatak odasına yöneldi.

Sebastian çıplakken de çok yakışıklıydı. Küçükken ağaçtan düştüğünde dizinde oluşan yara dışında vücudu kusursuzdu.

"Çok güzelsin, Clare," diye mırıldandı Sebastian. "İnsanın soluğunu kesiyorsun."

Clare bundan sonrasını hayal meyal hatırlıyordu. Hiç kimseyle sevişirken böyle zevk almamış, vücudundaki her hücrenin alev aldığını hissetmemişti.

"Clare," diye inledi Sebastian. "Bu kadar iyi olduğunu bilseydim şimdiye kadar beklemezdim. Seni öptüğüm o ilk gece çalıların arasına atardım."

"Ben de bu kadar güzel olacağını bilseydim..." diye karşılık verdi Clare soluk soluğa, "sana izin verirdim."

Dakikalar sonra yorgun ve adeta sarhoş bir halde yan yana yatarlarken, "Clare," dedi Sebastian.

"Hımm."

"Prezervatif yırtıldı."

Clare yattığı yerde doğruldu. "Ne zaman?"

"Ben boşalmadan beş saniye önce."

"Ve sen durmadın?"

Sebastian kıkırdadı ve Clare'in alnına düşen bir tutam saçı çekti. "Kendimi kontrol edebilirim, ama o noktada değil."

"Nasıl gülebiliyorsun?" Clare genç adamı itmeye çalıştı ama Sebastian ona sıkı sıkı sarıldı.

"Çünkü senin başka önlemler aldığını biliyorum. Üstelik bulaşıcı bir hastalığımın olmadığından eminim. Senin de emin olduğunu biliyorum. Eğer kötü bir şey olma olasılığı bulunsaydı, sana mutlaka söylerdim. Böyle önemli bir konuda sana asla yalan söylemem, Clare. Bana güven."

Sebastian'a güvenmek mi?

"Eğer bana yalan söylüyorsan, seni öldürürüm," dedi Clare. "Yemin ediyordum öldürürüm." Genç adamın göğsüne hafifçe bir yumruk attı.

"Aşk romanları yazan romantik bir yazara böyle şeyler yakışıyor mu?" dedi Sebastian.

"Aşk ve romantizm kimin umurunda?" diye mırıldandı Clare onun boynunu okşayarak. "Önemli olan çılgınca sevişmek."

ON ALTINCI BÖLÜM

"Mutlu Noeller," dedi Clare, Leo'ya sarılarak. Onun omzunun üzerinden biraz ileride duran Sebastian'a baktı. Sebastian siyah bir pantolonla saçlarının rengine çok yakışan karamel rengi kazak giymişti. Önceki geceyi hatırlamış gibi gülümsüyordu. Clare kızardığını hissederek başını çevirdi.

"Tabloya bayıldım," dedi Leo. "Sebastian bana onu birlikte seçtiğinizi söyledi."

Clare dikkatini tamamen yaşlı adam üzerinde yoğunlaştırarak midesinde uçuşan kelebekleri unutmaya çalıştı. "Beğendiğine sevindim," dedi. Birkaç ay önce Leo, annesi ve o aralarında hediye alışverişi yapmamaya, bunun yerine bir hayır kurumuna bağışta bulunmaya karar vermişlerdi.

"Bir de bana senin kitabını almış, biliyorsun."

"Evet, bu kitabı da rafına diğerlerinin yanına koyacağından eminim."

Elini Sebastian'a uzattı. "Mutlu Noeller."

Sebastian önceki gece vücudunun her yerine dokunduğu kadının şimdi kendisine böyle soğuk davranma çabasını fark ederek gülümsedi. Clare'in elini tutup sıktı. "Mutlu Noeller, Clare."

Clare saçını düzeltmemek ya da kolyesiyle oynamamak için kendini zor tuttu. Bu yıl yeni ya da değişik bir şey giymemişti. Üzerinde ayak bileklerine kadar uzanan kırmızı kadife eteği, her Noel'de taktığı süslü kemeri ve siyah yüksek topuklu botları vardı. Dikkat çekmesine neden olacak özel hiçbir şeyi yoktu yani. En azından kendine böyle söylüyordu, ama öte yandan buna inanmıyordu da. Güzel göründüğünün farkındaydı.

"Beyler ne içmek ister?" diye sordu Joyce. Sebastian ve Leo viskiyi tercih ederken Clare şarapla yetinmeye karar verdi.

Yarım saat kadar havadan ve güncel olaylardan söz ettikten sonra yemek odasına geçtiler. Joyce mumlar ve kristallerle bezeli çok şık bir masa hazırlamıştı. Her tabağında yanında küçük bir buket çiçek demeti vardı.

En yaşlı erkek olarak Leo masanın başındaki iskemleye oturdu. Sebastian onun sağında, Joyce ise solundaydı. Joyce, Clare'in Sebastian'ın yanına oturmasında ısrar etti. İki kadının masanın aynı tarafında oturması doğru olmazdı. Normalde Clare de bunu sorun etmez ve yanındaki kişiyle sohbet edecek bir şeyler bulurdu. Ancak şimdi önceki gece defalarca seviştiği adamla ne konuşacağını kestirmekte güçlük çekiyordu.

Hayatında ilk kez ilişki yaşamadığı, en azından önce güzel bir yemek yiyip sinemaya gitmediği biriyle sevişmişti. Belki utanmıyordu ama ne diyeceğini, ne yapacağını da bilemiyordu. Neyse ki kimse bunun farkında değilmiş gibiydi.

Sebastian ise hiçbir şey olmamış gibi gayet rahat görünüyordu. Joyce' a yaptığı gezilerle ilgili küçük hikâyeler anlatıp duruyordu. Belki de o özgür seks yaşamaya alışkındı. Clare bir an bundan rahatsız olduğunu hissetti.

"Biliyor musunuz, Sebastian maymun yemiş," dedi birden. "Hatta at eti bile yemiş."

Leo ve Joyce, Sebastian'a döndüler.

"Öyle mi evlat?"

"Ah." Joyce kadehini masaya bıraktı. "Ben at eti yiyebileceğimi sanmıyorum. Küçükken bir midillim vardı. Adı Leydi Dıgıdık'tı."

Sebastian Clare'e şöyle bir baktı. "Bir sürü değişik şey yedim ben. Bazıları güzel, bazıları ise kötüydü." Gülümsedi. "Bazılarını bir daha denemek bile istemem."

Yeniden Joyce'a döndü. "Ama şu anda öyle açım ki." Elini Clare'in bacağına koydu. " Yemekler harika görünüyor, Bayan Wingate."

Sebastian yavaşça eteğini kaldırırken, Clare göz ucuyla ona baktı.

"Lütfen bana Joyce de."

"Bu gece beni davet ettiğin için teşekkür ederim, Joyce," dedi Sebastian kibarca. Bir yandan da Clare'in eteğini yukarı çekmeye devam ediyordu.

Clare külotlu çorap giymemişti. Sebastian'ın çıplak bacağına dokunmasına fırsat vermeden onun elini itti.

"Babanın kız kardeşinden bir Noel kartı aldım," dedi Joyce, Clare'e bakarak.

"Elanor nasılmış?" Birden Sebastian'ın elini yeniden bacağında hissederek hafifçe sıçradı.

"İyi misin?" dedi Sebastian, sanki havanın nasıl olduğunu sorarmış gibi.

Clare gülümsemeye çalıştı. "İyiyim."

"Elanor kaç yaşında?" diye sordu Sebastian, sanki bunu gerçekten merak edermiş gibi.

"Sanırım yetmiş sekiz," diye karşılık verdi Joyce. "Sekiz kez evlenip boşandı."

"Bana bir kere evlenip boşanmak yetti," dedi Leo. "İnsanlar hiç ders almıyorlar herhalde."

"Doğru. Benim büyük büyük amcam da evlilik delisiydi." İçkinin de etkisiyle Joyce'un dili çözülmüştü. "Ama başka adamların karılarına âşık oluyordu."

Clare, Sebastian'ın parmaklarının bacaklarında dolaştığını, yukarılara çıktığını hissediyordu. Başka hiçbir şeyle ilgilenemiyordu. Leo bir şey söylüyordu... Joyce karşılık veriyordu... Sebastian...

"Değil mi Clare?" diye sordu Joyce.

Clare annesine baktı. "Evet. Kesinlikle." Bir kez daha Sebastian'ın elini itti. "Tatlı?"

"Şimdi istemem." Annesi çizgili peçetesini masaya bıraktı.

"Leo?"

"Ben de istemem. Belki yarım saat sonra."

"Tabağını alabilir miyim Sebastian?"

Sebastian ayağa kalktı. "Ben alırım."

"Ben getiririm."

Clare'in istediği en son şey onun peşinden gelmesi ve başladıkları şeyi bitirmekti. "Sen annem ve Leo'yla oturup keyfine bak."

"Öyle çok yedim ki kalkıp biraz yürüsem iyi olur," dedi Sebastian.

Joyce araya girdi. "Sebastian'a evi gezdir istersen."

"Ah, merak ettiğini san..."

Sebastian onun sözünü kesti. "Çok isterim."

Clare'in peşinden mutfağa gitti. Tabakları lavaboya bıraktılar. Sebastian lavaboya yaslanıp Clare'in koluna dokundu. "Bu gece bu eve girdiğimden beri, senin içine sutyen filan giyip giymediğini merak ediyorum."

Clare dudağını ısırarak başını salladı.

"Hadi bana evi gezdir."

Clare'in o anda en son istediği şey, bu adamın onu annesinin evinde baştan çıkarmasıydı. Bir yandan da çılgınca sevişmenin hazzını keşfetmişti ve bunu bir kez daha yaşamak istiyordu.

Sebastian'a salonu, annesinin çalışma odasını ve kütüphaneyi gezdirdi. "Çocukken burada çok vakit geçirirdim," dedi tavana kadar uzanan raflardaki ciltli kitapları işaret ederek.

"Hatırlıyorum. Senin kitapların nerede?"

"Benim kitaplarım karton kapaklı olduğu için annem onları ciltli kitapların yanına koymuyor."

"Ne saçma. Sen onun ailesinin bir üyesisin. Rus yazarlardan ve ölü şairlerden çok daha önemlisin.

Kitaplarının burada bulunması ona heyecan vermeli."

Clare de hep aynı şeyi düşünürdü. Şimdi bunları Sebastian'dan duymak içinin burkulmasına neden olmuştu. "Teşekkür ederim."

"Neden? Annen bir kitap yayınlatmanın ne kadar zor olduğunun farkında mı?"

Clare, genç adama karşı bir şey hissetmemek için kendini zorluyordu. Onunla ilişkisi arkadaşlık sınırı içinde kalmalıydı. "Değil herhalde. Ama olsa da fark etmez. Benim yaptığım hiçbir şeyi kesinlikle doğru ya da mükemmel bulmuyor. O asla değişmeyeceğine göre, ben değişmeliyim. Artık onu memnun edeceğim diye kendimi hırpalamaktan vazgeçtim."

"İyi yapmışsın. Önemli olan sensin," dedi Sebastian.

"Hadi üst kata çıkalım."

Sebastian onu takip etti. Yukarıda üç konuk odası, Joyce'un yatak odası ve Clare'in çocukluğunun geçtiği oda vardı.

"Bu odayı hatırlıyorum," dedi Sebastian. "Ama eskiden her şey pembeydi."

"Evet."

"Kapıyı kapat, Clare."

"Neden?"

"Çünkü annenin bu küçük kıza neler yaptığımı görmesini istemezsin herhalde."

"Burada hiçbir şey yapamayız."

"Duyan da ciddi olduğunu sanacak." Sebastian genç kadının boynunu okşadı. Sonra Clare ne olduğunu anlayamadan onu öptü. Kazağının düğmelerini çözmeye başladı.

Clare geri çekilip çıplak göğüslerini elleriyle örtmeye çalıştı. "Ya içeri biri girerse?"

"Girmezler. Hadi Clare, senin de bunu istediğini biliyorum." Sebastian onun göğüslerini okşadı. "Eve girdiğimden beri bu anın hayalini kuruyorum. Annenin anlattığı hikâyeleri dinlerken hep seni bir odaya kapatmanın planlarını yaptım. Bunu senin de benim kadar isteyip istemediğini merak ediyordum."

"Bense dün geceden sonra artık sevişmek istemeyeceğini sanıyordum. Vücudunun ihtiyacı kalmamıştır ne de olsa diye düşündüm."

"Yanılmışsın. Ben de seni fazla hafife almışım. Seninle bir kez sevişmek yetmiyor insana."

Sebastian genç kadını belinden kavradı. Clare de bacaklarını onun beline doladı.

"Bunu ne kadar çok istediğini söyle," dedi Sebastian.

"Öyle çok istiyorum ki annem aşağıdayken beni soymana izin veriyorum."

"Pişman olmayacaksın," diye soludu Sebastian. "Bu, hayatında geçirdiğin en zevkli Noel olacak."

Noel'den birkaç gün sonra, Clare arkadaşlarıyla en sevdikleri Meksika restoranında buluştu. Bir yandan içkilerini yudumlarlarken bir yandan kitaplardan konuşup beyin fırtınası yaptılar. Lucy'nin kitabını teslim tarihi yaklaşıyordu. Clare'in de öyle. Adele ise kitabını yeni bitirmişti. Maddie diğerleri kadar sık yazmıyordu. Son cinayet romanından sonra biraz kafasını toparlamaya ihtiyacı vardı.

Her zamanki gibi çene çalıp bol bol güldüler. Hayatlarına dair sırları paylaştılar. Dwayne hâlâ Adele'i deli ediyordu. Lucy çocuk yapmayı düşünmeye başlamıştı. Maddie ise Truly'de bir yazlık ev satın almıştı. Yalnızca Clare Sebastian ile ilişkisini arkadaşlarına anlatmadı. Bunun en önemli nedeni aralarında gerçek bir ilişki olmamasıydı; yaşadıkları seksten ibaretti. Ayrıca her şey o kadar yeniydi ki kendisinin bile üzerinde düşünecek vakti olmamıştı.

Sebastian Noel'den sonraki gün kasabadan ayrılmıştı, ama son bir kez Clare'in evine gidip onu uyandırmayı da ihmal etmemişti. Clare sekse bu kadar düşkün bir erkek tanımamıştı. Ve seks konusunda bu kadar iyi olan bir erkek...

Yemekten sonra eve döndüğünde telesekreterinde Sebastian'dan mesaj vardı.

"Selam," diyordu Sebastian. "Burada Seattle'da gitmem gereken büyük bir yeni yıl partisi var. Düşündüm de, eğer başka planın yoksa bana eşlik edebilirsin. Arayıp haber verirsen çok sevinirim."

Seattle'da yeni yıl partisi? Delirmiş miydi bu adam? Clare kendine bir diyet kola alıp bu soruyu sormak için Sebastian'ı aradı.

"Uçakla bir saat," dedi Sebastian. "Başka planların mı var?"

Sebastian gerçekten erkek arkadaşı olsaydı Clare daha çok nazlanırdı. Planları varmış da onun için vazgeçiyormuş gibi davranırdı. "Hayır."

"Biletini ben alırım," dedi Sebastian.

"Bu sana pahalıya patlar." Clare kolasını alıp çalışma odasına doğru yürüdü. "Bunu neden istiyorsun?"

"Çünkü güzel bir kadınla zaman geçirmek istiyorum."

Daha birkaç gün öce, Sebastian güzel olduğunu söylediğinde Clare heyecanlanmıştı. Şimdi ise bu iltifat karşısında ne hissettiğini bilmiyordu. Birden anlamsız gelmişti. Bütün erkeklerin karşılarındaki kadına söyledikleri bir şeydi sanki. "Sakın bana Seattle'da partiye davet edebileceğin kadın olmadığını söyleme," dedi. İçinde bir kıskançlık dalgası hissetmeyi bekledi. Bir şey hissetmeyince gülümsedi. Sebastian'dan bir arkadaş olarak hoşlanıyordu. Bir kadın sevgilisi olmayan erkek arkadaşını kıskanmazdı. Hele bu adam başka bir eyalette yaşıyorsa.

"Birkaç kişi var ama hiçbiri senin kadar ilgimi çekmiyor."

"Yani seninle sevişmezler mi?"

"Ah, elbette sevişirler." Sebastian bir kahkaha patlattı. "Ama madem konuyu açtın, ben de söyleyeyim. Seninle birkaç kez daha sevişmeden vücudum kendine gelemeyecek sanırım."

Clare bundan hoşlandığını itiraf etmek zorundaydı. Yıllarca hiç arzulanmadıktan sonra, şimdi Sebastian gibi onu çok isteyen bir erkeğin olması güzeldi. Üstelik hayatında ilk kez ateşli seksin aşktan daha güzel olduğunu anlıyordu. İleride belki yine ruh eşini arardı. Hayatını geçirebileceği birini. O bir koca ve bir aile istiyordu. "Bir yastıkta kocayacağı" biri olsun istiyordu. Bu istekler onun genlerinde vardı. Ama şimdilik bir süre Sebastian'la iyi vakit geçirmekle yetinebilirdi.

"Tamam," dedi. "Ama oraya geldiğimde parti için alışveriş yapmam gerek. Buna dayanabilir misin?"

Uzun bir sessizlik oldu. "Karşılığını alırsam neden olmasın?"

Clare güldü ve hemen kafasından alışveriş yapacağı mağazaları geçirmeye başladı.

Alışveriş ve seks... Yeni yıla keyifli başlayacaktı anlaşılan.

ON YEDİNCİ BÖLÜM

Sebastian eline bir bıçak alıp hindili sandviçleri ikiye böldü. Bunları bir tabağa yerleştirdi. Bir kutu da Pringles aldı.

Üzerinde yalnızca küloduyla yemek tepsisini alıp mutfaktan çıktı. Clare'i o sabah havaalanından almıştı. Siyah mantosu ve kırmızı atkısıyla şahane görünen genç kadına bakınca, onunla olmaktan ne kadar hoşlandığını fark etmişti. Ortak pek çok yönleri vardı. Clare güzeldi, akıllıydı ve talepleri yoktu. Sebastian'ın deneyimlerine göre, bir kadın iki kez seviştikten sonra, "ilişki" sözcüğünü diline dolardı. Ardından da evlilik gelirdi tabii. Kadınlar hiçbir şeyi oluruna bırakmazlardı ki zaten. Her şeyi karıştırırlardı.

Sebastian yatak odasına girdi ve beyaz çarşafı kollarının altına sıkıştırmış bir halde yatağın ortasında oturan Clare'e baktı. "Televizyonda futboldan başka bir şey yok," diye yakındı Clare, uzaktan kumandayla kanallar arasında dolaşırken. "Ben de futbol izlemekten nefret ederim. Bir zamanlar bütün maçları kaydeden bir sevgilim vardı."

Saçları darmadağınıktı, omzunda da ısırık izi vardı.

"Ben, yapacak daha iyi bir şey yoksa futbol izlerim." Sebastian tepsiyi yatağın kenarına bıraktı ve onun yanına oturdu. Yarım sandviçlerden birini uzatıp ısırık izini öptü. Clare'in teninin kokusuna ve ağzında bıraktığı tada bayılıyordu.

"Onun sevişirken maç izlediğini fark edince, kendisini terk ettim." Clare sandviçi ısırdı, "ben anlamayayım diye televizyonu açıp sesini kısıyormuş."

"Piç kurusu." Sebastian Pringles kutusunu açıp içinden birkaç tane aldı.

"Evet. Sanırım ben piç kurularını mıknatıs gibi çekiyorum." Clare televizyonu kapatıp uzaktan kumandayı yatağın üzerine fırlattı. "Bu yüzden erkeklerden uzak durmaya çalışıyorum zaten."

"Ben neyim peki?"

"Sen bana fayda sağlayan bir arkadaşsın. Ve inan bana, Lonny'den sonra, senin sağladığın faydalara çok ihtiyacım vardı."

Clare güldü ve sandviçinden bir lokma daha aldı.

Sebastian'ın genç kadından hoşlanmasının nedenlerinden biri de buydu. Ona birkaç cips uzattı, kendi de yarım sandviç aldı. "Madem seks senin için bu kadar önemli, nasıl oldu da bir gay ile nişanlandın? Sırf anneni memnun etmek için değil herhalde."

Clare Pringles'ları atıştırırken bir an düşündü. "Her şey yavaş yavaş oldu. Önceleri ilişki sıradandı. Lonny diğer sevgililerimden daha az sevişiyordu, ama bu o kadar da sorun değildi. Onu seviyordum. Birini seviyorsan, onun bazı yönlerini kabullenmen gerekir. Üstelik gözün de görmez olur." Omuz silkti. "Seks dışında belirgin bir işaret yoktu. Benim görmezden geldiğim ufak tefek şeyler dışında."

"Senin gibi bir kadın nasıl olur da sekssiz yaşar, anlayamıyorum," dedi Sebastian. Bu arada Clare'le o sabahki sevişmelerini hatırlamıştı. Daha kapıda başlamışlardı. Clare ondan prezervatif kullanmasını istemeseydi, her şey daha da güzel olacaktı.

"Bana prezervatif olmaksızın da güvendiğini sanıyordum," dedi ağzına bir cips atarak.

"Daha önce güvenmiştim." Clare başını yana eğip ona baktı. "Ama o zamandan beri başka kadınlarla görüşüyor olabilirsin. Ben de dikkatli olmalıyım."

"Başka kadınlarla mı? Geçen haftadan beri mi? İltifatın için teşekkürler ama ben o kadar hızlı değilim." Kendisi Clare'in kimseyle görüşmediğini tahmin ediyordu. "Sen başka bir erkekle birlikte oldun mu peki?"

Clare başını salladı. "Hayır."

"Öyleyse neden böyle devam etmiyoruz?"

Sebastian su şişesini alıp kapağını açtı.

"Yani cinsel açıdan birbirimize bağlı kalmamızı mı kastediyorsun? İkimiz?"

Sebastian sudan bir yudum alıp Clare'e uzattı. Clare'in yalnızca kendisiyle sevişmesi fikri hoşuna gidiyordu. Kendisi de başka bir kadınla sevişmek istemiyordu. "Evet."

"Sen bunu yapabilir misin?"

"Evet. Ya sen?"

"Ama sen başka bir eyalette yaşıyorsun."

"Sorun değil. Sık sık babamı ziyaret edeceğim. Hem inan bana, daha önce de sekssiz yaşadım ben. Hoşuma gitmedi ama ölmedim sonuçta."

Clare bir an düşündü. "Peki, ama Sebastian, eğer birini bulursan, bana söyleyeceksin."

"Birini bulmak mı? Ne için?"

Clare ona baktı.

"Tamam." Sebastian uzanıp onun çıplak omzunu öptü. "Eğer senden sıkılırsam, söylerim."

Clare güldü. "Tabii benim de senden sıkılma olasılığım var."

Sebastian gülerek onu yatağa itti. Böyle bir olasılık yoktu.

Yemeklerini bitirdikten sonra duş aldılar ve alışverişe gitmek üzere evden çıktılar. Sebastian alışverişe pek düşkün değildi; çok fazla kıyafeti de yoktu. Birkaç Hugo Boss takımı vardı, ama o daha çok kargo pantolonları ve tişörtleri tercih ediyordu. Uzun süre alışveriş yapınca sıkılırdı; ancak o gün Clare çılgınlar gibi bir mağazadan çıkıp diğerine girerken sabırlı olmakta kararlıydı.

Beşinci mağazadan, bir sürü çanta ve ayakkabıyla çıktıktan sonra Sebastian duruma alışmıştı. Keyif aldığı söylenemezdi belki, ama gördükleri ona ilginç geliyordu. Clare'in bir tarzı vardı ve bir şeyi isteyip istemediğini görür görmez anlıyordu. Club Monacco'ya girdiklerinde, Sebastian onun neleri beğenebileceğini az çok kestirmeye başlamıştı.

O sabah havaalanında da Clare'in böyle kısa bir geziye neden iki kocaman bavulla geldiğini merak etmişti. Şimdi anlıyordu.

Clare tam bir alışverişkolikti.

O akşam Sebastian Clare'i, okuldan eski bir arkadaşı olan Jane Alcot Martineau'nun yeni yıl partisine götürdü. Jane'le aynı üniversiteye devam etmişlerdi. Sonra, Sebastian dünyayı dolaşırken, Jane Seattle'da kalmıştı ve Seattle Times'ta çalışmıştı. Hokey oyuncusu Luc Martineau ile evlenmişti. Birkaç yıldır evliydiler; Sebastian'ın evine yakın bir evde oturuyorlardı. Bir yaşında, James adında bir oğulları vardı.

"Clare'in sadece bir arkadaş olduğundan emin misin?" diye sordu Jane.

Sebastian, o sırada ufak tefek sarışın bir kadın ve onun Rus erkek arkadaşı ile konuşmakta olan Clare'e baktı. "Evet, eminim tabii."

Clare, gümüş rengi, kısa, kendisini son derece çekici gösteren bir elbise giymişti. Sebastian meraklı gözlerin onu süzdüğünün farkındaydı. Bir de aşk romanı yazarı olduğunu öğrenenler, genç kadınla daha fazla ilgileniyorlardı.

"Vlad'e öldürecekmişsin gibi bakıyordun da."

Jane haklıydı aslında ama Clare'i kız arkadaşı olarak tanıştırmak için de henüz çok erkendi. Hem "Bu kız benim!"demesi Clare'in de hoşuna gitmezdi belki.

"Bence Clare'in sadece arkadaşın olduğunu söylerken kendini kandırıyorsun," dedi Jane.

Sebastian itiraz etmek için ağzını açtı ama Jane onun yanından uzaklaşıp kocasının yanına gitti.

Sebastian o gece Clare'i uyurken izlerken, onda kendisini bu denli çeken şeyin ne olduğunu düşündü. Sadece seks değildi. Başka bir şey vardı. Ama ne olduğunu bulamıyordu. Belki de Clare'in beklentilerinin olmamasıydı güzel olan. Ondan hiçbir şey istememesiydi.

Clare aradaki mesafeyi korudukça, Sebastian ona yaklaşmayı daha çok istiyordu.

Ertesi sabah altıda Sebastian uyandı. Üzerine bir tişört ve kargo pantolon geçirdi. Clare uyurken kahve yaptı ve babasını aradı. Boise'da saat yediydi ama Leo'nun erken kalktığını biliyordu. Babasıyla olan ilişkisi onu ziyaretinde biraz daha gelişiyordu. Hâlâ birbirlerine çok yakın değillerdi ama ikisi de geçmişteki hasarı telafi etmek için büyük çaba sarf ediyordu.

Babasıyla Noel'den beri konuşmamıştı, ama Leo'nun şu anda onun yatağında uyumakta olan konuktan haberdar olmadığından emindi. Kendisi bundan söz etmemişti; yaşlı adamın Clare ile ilişkisine nasıl tepki vereceğini bilmiyordu. Hem sonuçta Clare de o da yetişkin insanlardı ve aralarında olup bitenler onları ilgilendirirdi.

Leo'yla konuştuktan sonra çalışma odasına geçti. Son birkaç aydır kurgu yazmayı düşünmeye başlamıştı. Başrolünde araştırmacı gazeteci olan macera kitapları yazacaktı.

Masasına oturup bilgisayarını açtı. İki saat kadar çalışıp bir taslak yarattı.

Birden mutfaktan gelen seslerle dış dünyaya döndü. Başını kaldırıp bakınca, üzerinde mavi geceliğiyle içeri giren Clare'i gördü. Kısacık geceliğin içinde genç kadın çok seksi görünüyordu.

"Ah, özür dilerim," dedi Clare kapıda durarak. "Çalıştığını bilmiyordum."

"Çalışıyorum sayılmaz. Oyalanıyordum sadece."

"Fal mı bakıyordun yoksa?" Clare kahvesinden bir yudum aldı.

"Hayır. Bir kitap projem var." Sebastian uzun bir süredir ilk kez yazacağı bir şey konusunda heyecan duyuyordu. Belki de annesi öldüğünden beri ilk kez.

"Son zamanlarda ortaya çıkardığın bir haber mi?"

"Hayır. Kurgu."

Sebastian bunu henüz ajansına bile söylememişti. "Bir araştırmacı gazetecinin devlet sırlarını ortaya çıkarması ile ilgili."

Clare kaşlarını kaldırdı. "Ken Follett ya da Frederick Forsyth gibi mi?"

"Olabilir." Sebastian güldü. "Ya da belki ben de erkek aşk romanları yazarı olurum."

Clare kahkahalarla gülmeye başladı.

"Neden gülüyorsun? Romantik bir adamım ben."

Clare, Sebastian onu kucağına alıp yatağa geri götürene dek güldü.

Martın üçünde Clare, bir yaş daha yaşlanmış olmanın üzüntüsüyle otuz dört yaşına girdi. Bir yandan bu yaşın getirdiği olgunluk ve güvenden hoşlanıyordu. Diğer yandan vücut saatinin verdiği sinyaller hiç hoşuna gitmiyordu. Geçen her gün ve her yıl ona yalnız olduğunu hatırlatıyordu.

Birkaç hafta önce, doğum gününü arkadaşlarıyla birlikte kutlamak için plan yapmıştı. Lucy dördü için şık bir restoranda rezervasyon yaptırmıştı. Ama önce Clare'in evinde buluşup şarap içecekler ve ona hediyelerini vereceklerdi.

Clare bu gece için özel aldığı elbisesini giyerken, Sebastian'ı düşündü. Bildiği kadarıyla, Sebastian Florida'daydı. Bir haftadır onunla konuşmamıştı, bir haber peşinde olduğunu biliyordu. Son iki ay içinde hemen her on beş günde bir görüşmüşlerdi; Sebastian sık sık babasını ziyarete gelmişti.

Clare gümüş halka küpelerini taktı ve Escada parfümünü sıktı. Şimdiye dek Sebastian'la "ilişki dışı beraberliği" yolunda gitmişti. Birlikte çok eğleniyorlardı. İkisi de birbirlerine baskı yapmıyorlardı. Clare onunla her konuda konuşabiliyordu, çünkü onun Bay Doğru olup olmadığını kafaya takmak zorunda değildi. Sebastian'ın Bay Doğru olmadığı belliydi. Bay Doğru da bir gün gelecekti ama o zamana kadar Sebastian'la güzel vakit geçirebilirdi.

Sebastian kasabaya geldiğinde onu gördüğüne seviniyordu, ama kalbi çarpmıyor, midesinde kelebekler uçuşmuyordu. Soluk alma ya da mantıklı düşünme yeteneğini kaybetmiyordu. Bu ilişkinin sonsuza dek sürmeyeceğinin farkındaydı. Bu yüzden ilerisini düşünüp kafasına takmasına gerek yoktu.

Rujunu alıp aynaya baktı. Ciddi bir ilişkiye hazır değildi. Şimdilik. Gördüğü hiçbir erkek onda uzun süreli bir ilişki isteği uyandırmıyordu.

Rujunu sürmeyi bitirdiğinde kapı çaldı. Adele ve

Maddie ellerinde hediyelerle verandada duruyorlardı.

"Size hiçbir şey almamanızı söylemiştim," dedi Clare.

"Bu da ne?" Maddie ayaklarının dibindeki postadan gelmiş kutuyu işaret etti.

Clare herhangi bir sipariş vermemişti, yayıncısından da bir şey beklemiyordu. Kutuyu almak için eğildiğinde, üzerinde Seattle adresi olduğunu fark etti. "Sanırım doğum günü hediyesi," dedi. Sebastian onun doğum günü hatırlamıştı; yüreğinde bir sevinç dalgası hissetti. Yolda ayak sesleri duyunca, içten içe Sebastian'ı görmeyi umdu, ama gelen Lucy idi elbette. Elinde kocaman bir demet pembe gülle altın sarısı bir kutu vardı.

"Sanırım sizi dövmeliyim," dedi Clare, arkadaşlarını içeri alırken.

Clare, gülleri Lucy'nin elinden aldı; arkadaşları mantolarını asarken vazo bulmaya gitti. Mutfakta çiçeklerin saplarını keserken, gözü tezgâhın üzerinde duran beyaz kutuya takıldı. Sebastian'ın doğum gününü hatırlamış olmasına şaşırmıştı.

"Of, çok üşüdüm," dedi Maddie, diğerleriyle birlikte mutfağa girerken.

"Biriniz şarapları hazırlayabilir mi?" dedi Clare. Çiçekleri vazoya yerleştirdi. Bu arada Lucy de kadehlerle şarap şişesini almıştı. Birlikte salona geçtiler. Clare vazoyu kanepenin yanındaki sehpanın üzerine bıraktı. Arkasını döndüğünde, Adele'in hediyeleri kahve masasının üzerine yığdığını gördü. Aralarında beyaz kutu da vardı.

Dört kadın yaşlanmaktan söz ederlerken, Clare arkadaşlarının kendisine aldığı hediyeleri açtı. Lucy, üzerine adının işlenmiş olduğu bir kartvizitlik, Adele üzerinde mor kristal taşlar bulunan bir bilezik almıştı. Maddie ise yine yapacağını yapmış ve bir kişisel güvenlik seti getirmişti. "Teşekkürler, arkadaşlar, hepsine bayıldım," dedi Clare.

"Şunu da açacak mısın?" diye sordu Adele.

"Annenden mi yoksa?"

"Hayır. Annem hediyesini daha önce verdi."

"Kimden peki?"

"Bir arkadaşımdan." Clare, arkadaşlarının yüzlerindeki meraklı ifadeyi görünce dayanamadı. "Sebastian Vaughan."

"Şu gazeteci Sebastian mı?" diye sordu Adele.

"Evet. Ama bana öyle bakmayın. Kendisi sadece arkadaşım."

Maddie içini çekti. "Sen onu benim külâhıma anlat. Yüzüne bakan, senin bir şeyler gizlediğini anlar."

"Ne varmış yüzümde?"

Lucy, "İşte şu ifade," dedi. Şarabından bir yudum aldı. "Söyle bakalım, erkek arkadaşın mı?"

"Hayır. Sadece arkadaşım." Clare içini çekerek itiraf etti. "Ama seks yaptığım bir arkadaşım."

"Ne güzel işte," dedi Adele. "Demek bağlanmadan sevişmeyi başardın."

Lucy araya girdi. "Emin misin peki?"

"Neden?"

"Biriyle ilişki yaşamadan seks yapabileceğinden?

Seni tanıyorum. Çok duygusalsın. Âşık olmadan kimseyle sevişebilir misin?"

"Yapabilirim." Clare rahat görünmeye çalıştı. "Yapıyorum da." Beyaz kutuyu açtı ve gülümsedi. İçinde pembe parlak kâğıda sarılmış ve bir sürü kurdeleyle bağlanmış daha küçük bir kutu vardı. "Her şey yolunda gidiyor. Sebastian Seattle'da yaşıyor, buraya babasını ziyarete geldiğinde görüşüyoruz. Birlikte çok eğleniyoruz ve birbirimizden hiçbir beklentimiz yok."

"Dikkatli ol," dedi Lucy. "Seni bir kez daha incinmiş görmek istemiyorum."

"İncinmeyeceğim," dedi Clare, pembe kâğıdı açarken. "Sebastian'ı sevmiyorum, o da beni sevmiyor." Kutunun kapağını kaldırdı ve şaşkınlık içinde kalakaldı. Küçükken kaybettiği ve bir eşini bulamadığı için çok üzüldüğünü söylediği bebeğin nerdeyse aynısıydı bu. Nefesi kesildi.

"Nedir o?"

"Sana bebek mi almış?" dedi Adele kıkırdayarak. "Bu, çocuk istediğini mi gösteriyor acaba?"

Clare başını salladı. Sebastian ona dünyada özlemini en çok çektiği şeyi vermişti. Onunla ilgilenmişti. Söylediklerini dinlemişti. Onun için zahmete girmiş, bu bebekten bulmaya çalışmıştı. Hediyesini pembe kâğıda sarmış ve tam doğum gününde eline geçmesini sağlamıştı.

Heyecandan yüzü yanmaya başladı. Başı dönüyordu. Etrafında arkadaşları konuşup gülüşüyorlardı, ama o hiçbir şey duymuyordu. Birdenbire kendini çok derin duyguların içinde bulmuştu. Kendi kendine Sebastian'ı asla sevmemesi gerektiğini söylese de artık çok geçti. Sebastian Vaughan'a delicesine, körkütük âşık olmuştu. "Of, hayır," diye fısıldadı.

Lucy bir şeyler olduğunu anlayarak sordu. "İyi misin?"

"İyiyim. Sanırım otuz dört yaşına girmek beni biraz sarstı." Clare ikna edici konuşmuş olduğunu umarak güldü.

"Anlıyorum. Ben de otuz beş yaşına girdiğimde paniğe kapılmıştım," dedi Lucy. "Normaldir."

O gece yemekte Clare kendi kendine göğsündeki yanmanın aşktan değil, yediği mezelerden kaynaklandığını söyledi durdu. Gözlerinde biriken yaşlar da otuz dört yaşına girdiği içindi. Başka bir nedeni yoktu. Lucy'nin söylediği gibi, her şey normaldi.

Ama tatlısını yerken, Clare kendini kandırmaya çalışmaktan vazgeçti. Sebastian'a bal gibi âşıktı işte. Ne yapacağını bilemiyordu.

Sebastian'la bir sürü şeyden söz etmişlerdi, ama birbirlerine karşı ne hissettiklerini konuşmamışlardı hiç. Clare onun kendisini sevmediğini biliyordu. O zamana dek kendisini seven erkeklerle birlikte olmuştu hep. Âşık olan bir erkeğin nasıl davrandığını bilirdi. Sebastian öyle davranmıyordu.

Bir kez daha Bay Yanlış'a denk gelmişti. Ne kadar aptaldı.

O gece Sebastian'ı düşünerek uyudu. Uyandığında da aklında Sebastian vardı. Onun teninin kokusunu, bedeninde dolaşan ellerini düşündü. Ama kararlıydı aramayacaktı. Aslında mükemmel bir nedeni vardı.

Arayıp doğum günü hediyesi için teşekkür etmeliydi. Fakat sesini duymaya dayanamayacağını hissediyordu. Belki de duygularını bastırmayı başarabilirse, bunları unuturdu.

Kendini kandırdığının farkındaydı. O otuz dört yaşında, iflah olmaz bir aşk bağımlısıydı. Ancak belki bu kez şansı yaver giderdi.

ON SEKİZİNCİ BÖLÜM

Clare'in doğum gününden üç gün sonra Sebastian aradı. Genç kadın o kadar da şanslı olmadığına karar verdi. Cep telefonunun ekranında Sebastian'ın adını görür görmez kalbi çarpmaya başladı.

"Alo?" dedi olabildiğince sakin bir sesle.

"Üzerinde ne var?"

Clare, nemli saçlarını fırçalarken geceliğine ve çıplak ayaklarına baktı. "Neredesin sen?"

"Senin verandanda olabilir mi?"

Clare elindeki fırçayı düşürdü.

"Evimin önünde misin yani?"

"Evet."

Clare ayağa fırlayıp kapıya koştu. Sebastian beyaz tişörtü ve haki pantolonuyla karşısında duruyor ve yine şahane görünüyordu. Yüzünde o dayanılmaz çarpık gülümsemesi vardı.

"Selam, Clare."

"Burada ne arıyorsun?" dedi Clare telefona. "Leo'yu ziyarete geleceğini söylememiştin."

"Leo burada olduğumu bilmiyor." Sebastian telefonu onun elinden alıp kapattı. "Seni görmeye geldim."

"Beni mi?"

"Evet. Geceyi burada geçirmek istiyorum. Bütün geceyi. Tıpkı Seattle'daki gibi. Çocuk gibi Leo'nun evine dönmek istemiyorum. Sanki yanlış bir şey yapıyormuşuz gibi."

Clare'in daha fazla âşık olmadan onu göndermesi gerekirdi, ama artık çok geçti. Kapıyı açıp Sebastian'ı içeri aldı. "Burada mı kalmak istiyorsun?"

"Kesinlikle."

"Doğum günü hediyem için teşekkür ederim." Clare gülümsedi. Elini genç adamın omuzlarına koydu. "Tam doğum gününde göndermiş olman büyük incelikti."

"Beğendin mi?"

"Bayıldım."

"Sevindim." Sebastian eğilip onu öptü. Clare ayaklarının yerden kesildiğini hissetti. Ne kadar gizlemeye çalışırsa çalışsın, Sebastian'a âşıktı. Bu kez sevişmeleri de eskisinden farklıydı. Sadece zevk ve tutku yoktu. Duygular vardı; şefkat vardı.

"Beni çok özledin galiba," diye fısıldadı Sebastian. O da Clare'deki değişikliği fark etmiş ve bunu yanlış yorumlamıştı.

Sebastian iki gün Clare'de kaldı. Ona annesinin yanında yaşadıklarından ve babasıyla ilgili suçluluk duygusundan söz etti. Bir yandan da daha küçücükken uzaklara gönderildiği için hâlâ kızgındı.

Yazmaktan, kitaplardan söz ettiler. Sebastian, Clare'e onun bütün kitaplarını okuduğunu itiraf etti. Clare öyle şaşırmıştı ki ne diyeceğini bilemiyordu.

"Kapakta yarı çıplak adamlar olmasa, daha çok erkek okurdu herhalde," demişti Sebastian, Noel yemeğinde.

"Bunu duymak seni şaşırtabilir, ama benim erkek okuyucularım da var." Gülümsedi. "Bana sürekli yazıyorlar."

"Umarım onlara karşılık vermiyorsundur," dedi Sebastian gülerek.

"Hayır."

Clare, Sebastian'a daha çok âşık olduğunu hissediyordu. Belki Sebastian onu sevmiyordu henüz; ama buradaydı, yanındaydı işte. Birkaç hafta ya da birkaç ay sonra neler hissedeceğini kim bilebilirdi?

Sebastian, Boise'ı bir sonraki ziyaretinde Utah'tan dönüyordu. Orada gazeteci arkadaşlarıyla buluşmuştu. Son ziyaretinin üzerinden üç hafta geçmişti. Şimdi birkaç gün Leo'da kalmayı, onunla birlikte balığa gitmeyi planlıyordu. Ama kasabaya vardıktan birkaç saat sonra Clare'i aradı ve onu evinden aldı. Babasına bir hediye almak istiyordu. Sonra da geceyi Clare ile film izleyerek, patlamış mısır yiyerek ve bira içerek geçirmeye karar verdi. Patlamış mısırda anlaştılar. Çünkü Clare birayı sevmiyor, şarabı tercih ediyordu.

"Küçükken en sevdiğin film hangisiydi?" diye

sordu Sebastian alışveriş merkezinde kahve içmek için bir kafeye oturduklarında.

"Cinderella."

"Neden şaşırmadım acaba?" Sebastian güldü.

"Ya sen?"

"Ben oldum olası içinde şey olan filmleri tercih ederim..."

"Seks?" Clare bir kahkaha patlattı. Başını kaldırdığında gülümsemesi yüzünde dondu.

"Merhaba Clare."

"Lonny."

Lonny hâlâ hatırladığı gibi yakışıklıydı. Yanında kendi boylarında bir sarışın vardı.

"Nasılsın?"

"İyiyim." İyiydi gerçekten. Lonny'yi karşısında görünce hiçbir şey hissetmemişti. Kalbi çarpmamış, acı duymamıştı.

"Bu, nişanlım Beth. Beth, bu Clare."

Nişanlı mı? Ne kadar hızlıydı. Clare, diğer kadına baktı. "Tanıştığımıza memnun oldum, Beth." Elini, Lonny'nin kendisini bir erkeğin bir kadını seveceği gibi sevebileceğine inanan kadına uzattı.

"Ben de öyle."

Bu kadın da kendisi gibi miydi acaba? Yüzüne vurulan gerçeği inkâr ediyor, görmezden mi geliyordu?

O sırada Sebastian bir adım öne çıkıp elini Lonny'ye uzattı. "Ben Clare'in arkadaşı, Sebastian Vaughan."

Clare'in arkadaşı... Clare yan gözle ona baktı. Aradan geçen bunca zamandan sonra bir arkadaştan fazlası değildi demek. Hiçbir şey değişmemişti. Lonny'yi o adamla yakaladığı günden beri hiçbir şey değişmemişti. O değiştiğini sanıyordu. Büyüdüğünü. Dersler aldığını. Ama yanılıyordu. O an yok olup gitmek istedi.

Bir iki dakika daha konuştuktan sonra Lonny ve Beth gittiler. Sebastian ve Clare de alışveriş merkezinden çıktılar.

Yolda Sebastian Alaska'ya gitmek ve Leo'yu da götürmek istediğinden söz etti. Annesinin evinin önüne gelip arabayı park ettiklerinde, Clare kendisini Lonny'den daha fazla sevmeyen adama baktı.

"Neyin var?" diye sordu Sebastian. "Eski erkek arkadaşınla karşılaştığımızdan beri hiç konuşmadın. Bu arada ondan ayrıldığın çok iyi olmuş."

Clare onun gözlerinin içine baktı. "Biz arkadaş mıyız Sebastian?"

"Elbette."

"Hepsi bu mu?"

"Hayır. Hepsi bu değil. Senden hoşlanıyorum. Çok iyi anlaşıyoruz. Çok güzel sevişiyoruz."

Bu aşk değildi. "Benden hoşlanıyor musun?"

Sebastian omuz silkti ve anahtarlarını cebine koydu. "Evet. Elbette senden hoşlanıyorum."

"Bu kadar mı?"

Sebastian konuşmanın nereye gittiğini anlamış gibiydi. "Başka ne istiyorsun?"

"Senin verebileceğin bir şey istemiyorum," dedi Clare. Arabanın kapısını çarparak kapatıp annesinin evine doğru koştu. Keşke yalnız kalabilse, kendini odasına kapatıp doya doya ağlayabilseydi. Sebastian onun kolunu yakaladı.

"Senin neyin var? Eski sevgilin nişanlandı diye mi bozuldun?"

"Bunun Lonny ile ilgisi yok. Sadece onu görmek seninle aramızda yaşananları gözden geçirmeye zorladı beni. Geleceği düşünmeye."

"Sen neden bahsediyorsun?"

"Ben senin arkadaşın olmak istemiyorum. Bu artık yetmiyor bana."

Sebastian onun elini bırakıp geri çekildi. "Bu çok ani oldu."

"Ben daha fazlasını istiyorum."

Sebastian gözlerini kısarak baktı. "Yapma."

"Ne yapmayayım? Daha fazlasını istemeyeyim mi?"

"İlişkilerden ve gelecekten söz ederek her şeyi mahvetme."

Clare öfkeyle yumruğunu sıktı. "İlişki ve bağlılık istemenin ne sakıncası var? Bu sağlıklı bir şey! Normal!"

Sebastian başını salladı. "Hayır. Saçma. Anlamsız. Clare, biz seninle çok iyi anlaşıyoruz. Seninle olmak hoşuma gidiyor. Bırak böyle kalsın."

"Yapamam."

"Neden peki?"

"Çünkü sen benden hoşlanıyorsun ve ben seni seviyorum. Bu artık arkadaşlık değil. Benim için değil. Senin benden hoşlanman bana yetmiyor. Ben beni seven ve ilişki isteyen bir erkeği hak ediyorum. Benimle hayatını geçirmek isteyen birini. Kocam, çocuklarım olsun istiyorum..." Clare güçlükle yutkundu. "ve bir köpeğim..."

"Neden kadınlar sürekli isteklerde bulunuyorlar? Neden ilişkiler konusunda serinkanlı olamıyorsunuz?"

Tanrım. O da Sebastian'ın hayatına giren diğer kadınların yaptığı hayayı yapmıştı işte. Ona âşık olmuştu.

"Ben otuz dört yaşındayım. Hayatımı yaşama günlerim geride kaldı. Ben, sabahları benimle olmak isteyerek uyanan bir adam istiyorum. Sırf seks için hayatımda olan birini istemiyorum."

"Bizim aramızda seksten fazlası var. Üstelik bizim birbirine fayda sağlayan arkadaşlar olduğumuzu söyleyen sendin. Şimdi her şeyi değiştiriyorsun. Neden bazı şeyleri oluruna bırakmıyorsun?"

"Çünkü seni seviyorum ve bu da her şeyi değiştiriyor."

"Sevgi mi? Benden ne bekliyorsun peki? Birden değişmemi ve sırf sen beni sevdiğin için senin hayatına ayak uydurmamı mı?"

"Hayır. Değişemeyeceğini biliyorum. Bu yüzden âşık olmak istediğim son kişiydin zaten. Ama arkadaş olabileceğimizi sanmıştım. Bunun bana yeteceğini sanmıştım. Yetmedi." Sevdiği adamın öfkeli yüzüne bakarken Clare'in sesi titredi. "Artık seninle görüşemem, Sebastian."

"Bunu yapma, Clare. Eğer gidersen, arkandan gelmem."

Evet. Clare bunu biliyordu ve acısına dayanamıyordu. "Seni seviyorum ama seninle olmak canımı acıtıyor. Duygularının değişmesini bekleyemem. Şimdi beni sevmiyorsan, bundan sonra da sevmeyeceksin demektir."

Sebastian acı acı güldü. "Şimdi de kâhin mi oldun?"

"Sebastian, otuz beş yaşındasın ve hiç ciddi bir ilişki yaşamamışsın. Hayatındaki kadınlardan herhangi biri olacağımı tahmin etmek için kâhin olmama gerek yok."

"Sen kendi aşk romanlarına inanmaya başladın sanırım," dedi Sebastian. "Erkeklere karşı bakış açın bozuldu."

Clare'in gözleri yaşlarla doluydu. "Benim bakış açım gayet net. Birlikte bir geleceğimin olmayacağı bir erkeğe bağlanamam."

Arkasını dönüp yürüdü.

"Sana iyi şanslar öyleyse," diye seslendi Sebastian arkasından.

ON DOKUZUNCU BÖLÜM

Sebastian allak bullak olmuş bir halde eve girdi. Bir dakika önce her şey yolundayken bir dakika sonra Clare duygulardan ve bağlılıktan söz etmeye başlamıştı. Sonra da onu bir daha görmek istemediğini söylemişti.

"Hoş geldin," dedi Leo. "O da nesi?"

"Sana sırtın için masaj aleti aldım."

"Teşekkür ederim. Gerek yoktu."

"İçimden geldi baba."

Leo pencereye döndü. "Clare neden üzgün?"

Sebastian babasının gözlerine baktı ve omuz silkti. "Bilmem."

"Yaşlı olabilirim ama kör ve aptal değilim. Sizin görüştüğünüzü biliyorum."

"Bitti," dedi Sebastian. Bunu dile getirse de bir türlü kabullenemiyordu.

"Clare çok hoş ve tatlı bir kız. Onu üzgün görmekten nefret ediyorum."

"Saçma! O tatlı ve hoş filan değil!" diye patladı Sebastian. "Ben senin oğlunum, ama benim de üzgün olabileceğim aklına gelmiyor bile."

"Elbette senin de üzülmeni istemem. Ama sanki bana bir şeyleri sen bitirmişsin gibi geldi."

"Hayır."

"Ah."

Sebastian kanepeye oturup yüzünü ellerinin arasına aldı. "Her şey çok güzeldi, mükemmeldi, ama sonra bütün kadınlar gibi o da her şeyi mahvetti."

Leo onun yanına oturdu. "Ne oldu?"

"Bir bilebilsem. Birlikte çok iyi vakit geçiriyorduk. Sonra eski sevgilisiyle karşılaştı ve bana artık daha fazlasını istediğini söyledi." Sebastian derin bir soluk aldı. Olup bitenlere inanamıyordu. "Beni sevdiğini söyledi."

"Sen ne dedin?"

"Bilmiyorum. Şok geçirdim sanırım. Galiba ondan hoşlandığımı söyledim." Bu doğruydu. Birlikte olduğu hiçbir kadından Clare'den hoşlandığı kadar hoşlanmamıştı.

"Ah." Leo gözlerini kırpıştırdı.

"Ne var bunda? Ondan çok hoşlanıyorum."

"Sanırım annenle ben aşk, evlilik ve ilişkiler konusunda sana pek iyi örnek olamadık."

"Doğru." Ama Sebastian annesiyle babasını ne kadar suçlamak istese de otuz altı yaşında bir adamın bağlanma sorunları yaşamasının normal olmadığını da biliyordu.

"Onu mutlu ettiğimi sanıyordum," dedi. "Neden

bazı şeyleri oluruna bırakamıyor? Neden kadınlar kendilerini her şeyi değiştirmek zorunda hissediyorlar?"

"Çünkü onlar kadın. Hep bunu yaparlar." Leo omuz silkti. "Ben bu yaşıma kadar anlayamadım onları."

O sırada kapı çalındı.

"Ben hemen dönerim," dedi Leo ve kapıyı açmaya gitti.

Biraz sonra Joyce'un sesi duyuldu.

"Claresta taksi çağırdı ve fırlayıp gitti. Bilmem gereken bir şey mi oldu?"

Leo başını salladı. "Ben de bir şey bilmiyorum."

"Clare ve Sebastian arasında bir şey mi olmuş?"

Sebastian babasının her şeyi anlatmasını bekledi.

"Bilmiyorum," dedi Leo. "Ama olsa bile, onlar artık iki yetişkin. Sorunu kendileri çözebilirler."

"Sebastian'ın onu üzmesine izin verebileceğimi sanmıyorum."

"Clare sana Sebastian'ın kendisini üzdüğünü mü söyledi?"

"Hayır. Ama bana hayatında olup biten hiçbir şeyi anlatmıyor."

"Benim de sana anlatacak bir şeyim yok."

Joyce içini çekti. "Peki, eğer bir şey duyarsan haberim olsun."

"Tamam."

Babası odaya girince Sebastian ayağa kalktı. Kendini huzursuz hissediyordu. "Ben eve gidiyorum," dedi.

Leo şaşırtmıştı. "Şimdi mi?"

"Evet."

"Yola çıkmak için geç bir saat değil mi? Sabahı beklesen olmaz mı?"

Sebastian başını salladı. "Yorulursam dinlenirim."

Yolda arabayı deli gibi kullandı. Durmadan düşünüyordu. Clare onu sevdiğini söylemişti. Bunu ilk kez söylüyordu. Daha önceki konuşmalarında arkadaş olmak istediğinden söz etmişti hep. Hatta "Başka kadınlarla görüşürsen haberim olsun," demişti.

Onu seviyordu. Sevgi. Sevgi ve aşk bağlanmak demekti. Beklenti ve değişim demekti.

Yol boyunca aynı şeyleri düşündü durdu. Eve varır varmaz kendini yatağa attı ve on iki saat uyudu. Uyandığında yorgunluğu geçmişti ama hâlâ öfkeliydi.

Bütün gün hiçbir şey yapamadı. Bilgisayarını açmasına karşın tek satır yazamadı. Akşam arkadaşlarıyla barda buluştu. Bira içtiler, futbol konuştular. Birkaç kadının kendisini süzdüğünü fark etti ama oralı olmadı.

Artık kadınlarla uğraşacak hali yoktu.

Bunu izleyen hafta boyunca Sebastian çok az dışarı çıktı. Sadece ekmek, sandviç ve bira almak için markete gitti. Babası aradığında Clare hariç her şeyden söz ettiler. Ama bu onun uyanık geçirdiği her dakika Clare'i düşünmediği anlamına gelmiyordu.

Clare'i, onu pembe kabarık elbisesiyle barda gördüğü ilk geceyi düşünüyordu. Ertesi gün bütün hayatı değişmişti. İster kabul etsin ister etmesin kendi de değişmişti.

Artık çok sevdiği bu şehirde olmak bile istemiyordu.

Hayatının ilk birkaç yılı hariç hep Washington'da yaşamıştı. Annesi burada gömülüydü. Burada bir sürü dostu vardı. Ama artık burayı evi gibi hissetmiyordu. Dört yüz mil ötedeki, kendisini seven kadının yaşadığı kasabaya aitti sanki.

Clare'e karşı duyguları hoşlanmanın ötesindeydi. Bunu inkâr etmenin anlamı yoktu. Onun gülüşüne, tırnaklarına sürdüğü ojenin rengine, kadınsılığına bayılıyordu. Clare'i seviyordu, Clare de onu seviyordu. Hayatında ilk kez bir kadının sevgisi onda kaçma arzusu yaratmıyordu.

Alnını pencereye yasladı. Clare'i seviyordu ve onu incitmişti. Son buluşmalarında Clare'in yüzünde gördüğü acı dolu ifadeyi hatırladı.

Keşke telefonu alıp Clare'i arayabilse, ona, "Bak, düşündüm de, ben seni seviyorum," diyebilseydi.

Clare yerine babasını aradı. Leo kadınlar ve ilişkiler konusunda uzman değildi, ama ne yapılması gerektiğini bilirdi belki.

Clare, hoşuna gidecek bir yatak örtüsü bulmak için annesinin tavan arasını karıştırırken bir yandan da düşünüyordu. Sebastian'dan ayrılalı üç hafta olmuştu. Başka bir deyişle, yine kendisini asla sevemeyecek bir adama âşık olduğunu anlamasının üzerinden üç hafta geçmişti.

Annesinin bahçesindeki yüzleşmeden sonra kendi evine gitmiş, üç gün boyunca yataktan çıkmadan ağlamıştı. Sonunda arkadaşları gelip onu dışarı çıkarmayı başarmışlardı.

İyi haber, bütün bu süre boyunca kendini daha iyi hissetmesini sağlayacak bir şişe ya da sıcak bir beden arayışına girmemiş olmasıydı. Kötü haber ise, Sebastian'a duyduğu aşkın yüreğinde yarattığı acının kolay kolay dineceğe benzememesiydi. Bu aşk ruhunun derinliklerine işlemişti sanki.

Clare tam gardırobun kapağını açmış, örtüleri indirirken aşağıdan bir ses geldi.

"Clare nerede?"

"Sebastian? Sen ne zaman geldin?" diye sordu Joyce.

"Clare'in arabası dışarıda. Kendisi nerede?"

"Tanrım! Yukarıda, tavan arasında örtülere bakıyor."

Merdivendeki ayak seslerini duyunca Clare'in kalbi duracak gibi oldu. Güçlükle ayağa kalkıp merdivenin tırabzanına tutundu.

Sebastian yanına gelip karşısında dikildi. Yeşil gözleri öyle derin bakıyordu ki.

"Clare," diye fısıldadı ve eğilip onu öptü.

Clare birkaç saniye kendini ona bıraktı. Yüreği aynı anda hem ağlıyor hem coşuyor gibiydi. Sonra birden Sebastian'ı itti.

"Seni görmek öyle güzel ki," dedi Sebastian. "Haftalardır ilk kez yaşadığımı hissediyorum."

İşte yine aynı şeyi yapıyordu. Bir kez daha onu öldürüyordu. Clare ağlamaya başladı. "Ne yapıyorsun sen?" diyebildi.

"Seni son gördüğümde, gidersen arkandan gelmeyeceğimi söylemiştim. Ama işte geldim. İki ay sonra otuz altı yaşıma gireceğim ve hayatımda ilk kez âşık oldum. O kadın sen olduğun için de bilmen gerektiğini düşündüm."

Clare içinde her şeyin birden durduğunu hissetti. "Ne?"

"Sana âşık oldum."

Clare başını salladı. Bu adam onunla dalga geçiyordu herhalde.

"Doğru söylüyorum. Sana çılgınca, körkütük âşığım."

Clare ona inanmıyordu. "Belki de âşık olduğunu sanıyorsundur ama geçer."

"Hayatımı kendimden daha büyük ve güçlü bir şey hissetmeye çalışarak geçirdim. Karşı koyamayacağım, uzaklaşamayacağım, kontrol edemeyeceğim bir şey... Meğer bütün hayatımı seni bekleyerek geçirmişim, Clare. Seni seviyorum. Sakın bana beni sevmediğini söyleme."

"Umarım beni kandırmaya çalışmıyorsundur."

"Hayır, Clare. Seni seviyorum. Seni seviyorum ve hayatımı seninle geçirmek istiyorum. Hatta romantik aşk filmleri izlemeye bile başladım."

"Ciddi misin?"

"Evet. İzlerken çok sıkılıyorum ama olsun. Seni seviyorum ve eğer seni mutlu edecekse en acıklı filmleri bile izlerim."

"Buna gerek yok".

"Tanrı'ya şükür." Sebastian, Clare'in saçlarını okşadı. "Sana bir şey getirdim ama arabada. Joyce'un onu eve almayacağını düşündüm."

"Nedir o?"

"Bir eş, çocuklar ve köpek istediğini söylemiştin. Ben de sana Bir teriye yavrusu getirdim. Çocuklar için çalışmaya da hazırım."

Sebastian bir kez daha onun yalnız yüreğine hitap etmiş, ona istediği şeyi vermişti. "Ama benim sana verecek bir şeyim yok."

"Ben sadece seni istiyorum. Uzun zamandır ilk kez olmak istediğim yerde olduğumu hissediyorum."

Clare'in tutmaya çalıştığı gözyaşları yanaklarından süzülüyordu. Parmaklarının ucunda yükselip Sebastian'ın boynuna sarıldı. "Seni seviyorum."

"Ağlama. Ağlamaktan nefret ederim ben."

"Biliyorum. Alışverişten de nefret ediyorsun. Ve adres sormaktan."

Sebastian ona sımsıkı sarıldı. "Evimi sattım. Artık kalacak yerim yok. Ne kadar kararlı olduğumu anla."

"Evsiz misin yani?" dedi Clare şaşkınlıkla.

"Hayır. Benim evim senin yanın. "Sebastian, Clare'in şakağına bir öpücük kondurdu. "Sen artık benim asla terk etmek istemeyeceğim evimsin."

Sebastian cebinden bir yüzük çıkardı. Çok şık bir tek taştı bu.

"Tanrım," dedi Clare yüzüğe bakarak.

"Evlen benimle. Lütfen."

Clare konuşamadı. Sadece başını salladı. O kadar aşk romanı yazmıştı ama şimdi söyleyecek romantik bir söz bulamıyordu. "Seni seviyorum."

"Bu evet anlamına mı geliyor?"

"Evet."

Clare, Sebastian'ı öptü. Sebastian onun sevgilisi, arkadaşı, romantik kahramanıydı. Ona bir kızın en büyük kâbusunun mutlu bir sona dönebileceğini kanıtlamıştı.

SON SÖZ

Clare kendine bir fincan kahve aldı ve mutfak penceresinden dışarı baktı. Sebastian çimenlerin ortasında, üzerinde sadece krem rengi kargo pantolonuyla duruyordu. Küçük köpekleri Westley ayaklarının dibindeydi.

Sebastian iki ay önce Clare'in evine taşınmıştı. Bir hafta içinde bütün antika eşyalar evden çıkarılmıştı. Clare bundan şikâyetçi değildi. Sebastian'ın koltukları kendisininkilerden daha rahattı.

Mayıs ayında bahçeye satılık tabelası asmışlardı; eylül ayında evlenene kadar evi satmış olmayı umuyorlardı. Yeni bir ev bulmak düğün hazırlıkları yapmaktan daha zordu. İkisinin de zevkine uyacak bir ev bulmaları hiç kolay değildi.

Lucy, Maddie ve Adele, Clare adına çok mutluydular; onun nedimeleri olmak için de can atıyorlardı. Clare kahvesinden bir yudum alarak gülümsedi. Önceki gün yemekte arkadaşlarıyla buluşmuştu. Lucy hâlâ çocuk sahibi olmayı planlıyordu. Adele, Dwayne yüzünden deli olmaya devam ediyordu. Maddie'nin ise bazı sırları var gibiydi. Ama bunları şimdilik anlatmak istemiyordu. Bir gün anlatmaya hazır olduğunda arkadaşlarının yanında olacağını biliyordu.

Clare, bahçeye çıktı. Sebastian kahve fincanını onun elinden alıp başına dikti. "Cumartesi günü babamla balığa gidiyoruz," dedi. "Sen de gelmek ister misin?"

"Hayır, teşekkürler." Clare bir kez onlarla balığa gitmişti. Ama yemlerle, oltalarla uğraşmaktan hiç hoşlanmamıştı.

Sebastian'la ilgili en büyük sürprizlerden biri, romantik bir adama dönüşmeye çalışmasının yanı sıra, Joyce'la olan ilişkisiydi. İkisi, Clare'in tahmin ettiğinden çok daha iyi anlaşıyorlardı.

"Köpeği içeri sokunca, gidip duş alalım," dedi Sebastian. "Seni sabunlu görmek istiyorum."

Clare Westley'i yere bırakıp ayağa kalktı. "Ben de kendimi pis hissediyorum," dedi gülerek. Dudağını Sebastian'ın çıplak omzuna bastırdı. Masal gibi bir aşk yeni başlıyor, diye geçirdi içinden.